雲心所往

吳靄儀

啟思出版社

OXFORD
UNIVERSITY PRESS

牛津大學出版社隸屬牛津大學，以環球出版為志業，
弘揚大學卓於研究、博於學術、篤於教育的優良傳統

Oxford 為牛津大學出版社於英國及特定國家的註冊商標

牛津大學出版社（中國）有限公司出版
香港九龍灣宏遠街1號一號九龍39樓

第一版 2016

ISBN: 978-019-047570-3

10 9 8 7 6 5 4 3

鳴謝

本社蒙以下機構或人士提供本書參考資料和圖片*，謹此致謝：
詹左玉良女士　蕭鳳霞（美國耶魯大學人類學系教授）　維基百科　Dreamstime.com
*部分照片由作者提供

編者序：雲心所繫知起處

劉偉成

雲心月性，常用以形容高雅之士，但實質指涉的品性特質，歷來似乎都只靠意會，沒有多少人嘗試言詮。此成語典出孟郊詩句「野客雲作心，高僧月為性。浮雲自高閑，明月常空淨」，可能我們都覺得，只要道明，便會戳破詩人營造的禪境。我之所以試着去幹此等沒趣的傻事，在於讀吳靄儀的旅遊文章，便覺得一顆四處出塵蹓躂的心，不單是體味詩境，更不時牽念着現實生活，並一語中的地道破許多迷思和執念；可能正是如此牽念，這本集子前面五輯都是遊歷過世界不同地方的所觸所感，而最後一輯則是回過頭來關顧本土——從舊區保育到城市生活的體味。所以與其說作者是為了表現陶淵明〈歸去來兮〉的「雲無心以出岫，鳥倦飛而知還」的情懷，不如說是一位旅人從「彼岸」回望家鄉時，頓覺往日的迷思給開闊了的視野拉薄，目下的景色都變得澄明，目光也更具穿透力。對於這種頓悟，吳似乎相當沉醉，不單表現在全書的架構上，也常表現在文章的鋪展上，故雖云是旅遊文章，但當中不少篇章折射出來的不獨是對閑逸的禮讚，而是一位個性狷介的旅人悒鬱的省思。

雲心的「所待」和「無所待」

這本旅遊文集令我想起《非商業旅人》（*The Uncommercial Traveller*），狄更斯（Charles Dickens）在首章的主角介紹中用了不少篇幅及他所謂的「反面敘述」來解釋書名中「非」這個前綴字的含意，不斷臚列自己身份中所無的牽絆，包括「沒有地主是我的朋友或兄弟。沒有女侍愛我……旅館廣告不會特別把我列為收件對象……我出外旅遊，沒有人會給我折價優惠·我一旦結束旅程返家，也從沒有任何佣金可拿。」寫作《非》書時的狄更斯可說已名成利就，他單靠朗讀《聖誕頌歌》（*A Christmas Carol*）已可賺得鉅額報酬，但與此同時，他面對的是疾病的煎熬，加上離婚和跟子女關係淡漠，他可說是處於物質富裕但精神匱乏的狀態，所以他摒棄的身份條件，可說是自身處境的一種「反面敘述」，彷彿是在反思如果自己沒有任何身價，是否可以好好維繫與親人之間的關係？可能正是這樣在想像中甩棄成就的象徵，沒有了身份顧慮，令狄更斯本來嘲諷的筆調更見辛辣，例如他這樣寫倫敦的教堂：「許多都是倫敦大火之後興建的產物，另外有些則是經歷大瘟疫與大火仍屹立不搖，卻到晚近的現在緩緩步向衰亡。沒有人能夠確定未來如何，但這些教堂沒有扭轉潮流的徵象，會眾人數與使用頻率也沒有增加的趨勢。這些教堂和它們底下及周遭那些老市民的墳墓一樣，同屬於過往時代的紀念碑。」將教堂類比為老市民的墳墓，非但將超世的教堂降格為受死亡束縛的石堆，且不無拿倫敦大火和大瘟疫中不幸逝世的百姓作調侃之嫌，有欠厚道。同樣寫英國教堂，吳靄儀的切入點卻完全不同，所表現和秉持的價值觀也相應不同，雖然同樣提到教堂的使用率，但吳卻力排眾議，堅持對籌建窮人教堂的主牧表示敬意：「不料，落成不到一個世代，租用教堂座位的制度全面廢除了，於是苦心建成的新教堂就失去了用場。到一九七三年，英國教會正式將聖救世主堂列為『冗堂』，每年只做一次禮拜。有人謔稱它為 'Frampton Folly'（folly 語帶雙關，沒有實際用途的裝飾花園的建築物稱為 folly，但 folly 也是諷刺主牧愚蠢），我卻是對這位熱心人肅然起敬。」這本文集橫跨三十載歲月，那時吳到英國留學，可說是窮學生一名，跟狄更斯剛好相反，是物質條件欠奉，但精神富足的階段，所以她在文章中特別懂得欣賞民間「窮風流」的智慧。雖然吳現貴為大律師，又曾當選立法會議員，是位處社會高端的專業人士，但觀乎最後一章她對菜園村的依戀，仍不難看到她還保持着留學時的初心。

記得吳曾問我何以有興趣出版一本年代跨度如此闊的旅遊文集，那時我沒有直接回答，現在我可以這樣回應：就是跨度大，才可以看到作者如何保持初心。

正是這樣，作者的筆調雖然像《非商業旅人》那樣冷眼旁觀，有些讀者甚至覺得這種筆調太單調，但不可不察的是，狄更斯是以「反面敘述」演化出來的辛辣語調來引發高潮，吳則是以「秉持初心」的「正面描述」淡然地表現自己的信念，這樣反而更令人感到其中「坐言起行」的分量。總的來說，雲心，還不是絕對自由，仍有所待，所待的正是對雲起處的牽絆。雲心，出發後又要無所待，盡量免於給太多的凡塵黏附，這樣才可以隨緣於不同領域徜徉。

「前往」與「嚮往」的吊詭

孟郊說「野客雲作心」，所謂「野」，除了徜徉的渴望外，大概還包涵一點點實踐信念的狠勁，表現出來究竟是桀驁不馴，還是不屈不撓則是見仁見智了。本書名為「雲心所往」，「往」可以解作「前往」，也可以是「嚮往」，遂生出如此「雞與蛋」的吊詭：究竟先心生嚮往而後前往，還是先出發然後邊走邊尋覓終極嚮往？可能兩者皆有，前者衍生出像「劍橋之憶」一輯之類的文章，一般來說，語調較從容自若，文氣閑逸，令人讀起來也會心生嚮往，很想依樣畫葫蘆地往那裏走一趟，去看看劍橋的鴨子，去給「法治之碑」來個深深的揖禮，去一睹將琥珀和油條共冶一爐的老闆拭油的風采……若是後者，則往往是長篇巨構，詳細地複述邊走邊找着終極嚮往的心路歷程，其中最教我深思的是近萬字的〈雨中的莫斯科〉，作者像剝洋葱般，給讀者層層剝開這共產大國的面紗，從荒謬的物價、宮殿裏的貧民，到紅牆景色實質的符徵，以反照出「天安門的影子」，再跟當地的記者談「開放與開飯」，又一起到墓地去探當中所蘊藏的歷史，然後更一起觀賞「廣場上的煙花」如何演繹一場改革幻夢：「我看見莫斯科是一個破落户，到處是風霜侵蝕，日久失修的痕迹。也許，我應該記載這次遊歷所聽來的經濟理論、政治消息，但我感謝的是那一點温情，那使莫斯科比較沒有那麼空洞。」其中我們可以看到那顆雲心，沾了一點點的憂鬱，積存了人間蒸騰出來的淚水，漸漸變厚，徜徉的腳步也沒有以往留學時的輕盈，可幸那片雲心懂得從俗世抽身，以適當距離看通全局，讓思緒沉澱。

「雲心」與「雲深」的推敲

跟孟郊同被稱為「苦吟詩人」的賈島有〈尋隱者不遇〉一詩：「松下問童子，言師採藥去。只在此山中，雲深不知處。」詩中最後一句頗堪玩味，究竟「雲深」指的是怎樣的境遇？「不知處」究竟是因「雲深」，還是「只緣身在此山中」？這迷思似乎是源於遠近距離的矛盾——有時愈想抽身，愈想看清全局，便陷得愈深，就像〈雨中的莫斯科〉，當作者聽着當地友人説國外和國內人對戈巴卓夫的評價，想着的乃是當時同樣在搞改革開放的祖國，我想那時她便確認自己心之所繫。而距離，除了關乎空間，還在時間上，正如王維詩云：「行到水窮處，坐看雲起時」，所描畫的也是「空間」和「時間」交織出來的「一期一會」。這亦是這冊文集的獨特之處，幾十年的跨度，追思曩昔，究竟作者會沉澱出怎樣的況味？故作者特別在一些文章後面添加「後記」，記下多年來沉澱積累的思想結晶，大概只有這樣，始能突顯所謂的「初」心。

孟郊跟賈島給歸類為「苦吟派」，常予人入世愛爭的錯覺，事實上兩人筆下常涉退隱歸園的意向，他們之所以給如此歸派，乃在於經營作品的苦心。大家對於「推敲」這詞語的典故應該相當熟悉，故事中苦思該用「推」還是「敲」的詩人正是賈島。誠然，吳的文字質樸，鮮見苦心推敲斧鑿之痕，喜好華美詞藻的讀者或感吳的文字偏於平淡，但用心細讀，其實更易見其真摯。而文如其人，編輯此書期間，跟作者見面時，不時可嘗到她親手焗製的麪包或蛋糕，聽着她大談不同麪粉的特點，蘸點的橄欖油的特殊味道，便想起她那篇〈鄉居日誌〉，甚具彼得・梅爾（Peter Mayle）的《山居歲月：我在普羅旺斯，美好的一年》（*A Year in Provence*）的風雅，彷彿享夠了一頓故事茶點，較英倫下午茶還要多了幾抹春風，足以抖落猶黏在嘴角的蛋糕屑。

苦吟，除了「苦心經營」外，更包括了一點「先天下之憂而憂」的古風，正如孟郊詩云：「天地唯一氣，用之自偏頗。憂人成苦吟，達士為高歌。」（〈送別崔寅亮下第〉）在吳的文章中也不難找着這樣的憂思，在質樸淡然的語言映襯下，讀者更易感應得到那帶點野性的憂思。原本曾想過以「雲深不知處」為書名，以表達作者旅遊各地的「閑逸」，但想深一層，畢竟不是「隱逸」，作者在樂中又非不思蜀，處處都有着對「雲起處」的憂思，又焉能說是「不知處」？後來又想不如改「雲深」為「雲心」，那樣書名便有了感悟的主體，「雲心不知處」還可表現世界各地無分軒輊的共融精神，但似乎又淡化了上述的憂思。最後將書名定為「雲心所往」，無他，愛其簡單直接，親和而不落俗套。當日賈島問該用「推」還是「敲」，韓愈想了一會後答「敲」，因為這動作發出較大的聲響，會驚飛門外樹上的雀鳥，令畫面更富動感。無論「雲心」還是「雲深」，只是「主體」和「處境」上的分別，都是靜悄悄的，就像這冊旅遊文集蟄伏了三十年，期望它能以一顆純淨的雲心悄悄地裝點讀者的書架，而我想作者會說：「讀後，你記得也好，最好你忘掉，那相遇時互相投影的雲彩。」

目錄

劍橋之憶

歐洲掠影

柬埔寨之旅

英倫風貌

歐亞之間

香江記憶

劍橋之憶

「我尋找的劍橋，一直是物質簡樸的精神貴族家園，那個劍橋，早在我踏足其間之前已消逝了，惟有它的幽靈，仍活在維珍尼亞・吳爾芙——一個無緣入讀劍橋，卻婉拒了劍橋名譽博士榮銜的女子——和她的友輩的著作之中。」

——〈初見劍橋〉後記

劍河
耶穌學院
聖約翰學院
聖三一學院
加利爾學院
國王學院
王后學院
彼得堂

劍河與鄰近學院

初見劍橋

劍橋離倫敦不遠，是個古色古香的中世紀時代小市鎮。每到週末，尤其是在夏天，這小鎮更遊人如鯽，從英國各處、世界各地湧至，目的都是要一睹享譽數百載，與牛津並稱為英國最精英學府的劍橋大學的風采。劍橋大學創校於一二零九年——在中國是南宋嘉定年間，比牛津是稍後。論學術風格、園林校舍型貌，端莊凝重當推牛津，但活潑靈秀、流麗多姿，卻是劍橋更勝了。

牛、劍向來齊名，出名是貴族子弟的學府，名譽權力的梯階。兩校校友的顯赫令人咋舌：牛頓、達爾文、二十世紀經濟學家祈恩斯只是其中幾個例子。當今英國國會六百五十餘議員中，有二百二十多人是牛津或劍橋畢業生；八三年內閣二十一人中只有三人沒進過牛、劍。劍橋大學的學生會辯論壇，更一度有「英國首相幼稚園」之稱。

劍橋大學的校監是菲臘親王；當年查理斯王子就讀的是劍橋的聖三一學院；愛德華王子是劍橋的耶穌學院。在一般人心目中，大概沒有比這間大學更崇高的大學了。王子入學後，劍橋更成了大眾矚目之地。

劍橋今昔

傳聞中這最具風采的學府，不但學術水平傲視羣儕，為象牙塔上之寶頂，而學生生活的奢華和不羈更是其他大學望塵莫及。究竟傳聞中有多少屬實？今日的劍橋是否還保存了昨日的驕姿？

直至第二次世界大戰之前，劍橋學生差不多全是王公貴族子弟，不然也是家境優裕、書香世代之輩，普通人家子弟少之又少。隨着時代進展，這種情形已漸漸改變。今天的劍橋學生中當然仍有一部分出身顯貴巨富之家，但同時也不乏家境清貧或工人階級的學生。整體來說，中等家庭的學生佔了絕大多數。

無論如何，上至家境豐裕者，下至貧苦學生，學生大多領取政府助學金。學費全免之外，各按家境不同，每學期還可領取六百鎊左右的生活費；到了暑期不上學時，還可領到每星期二十六鎊的「失業救濟金」呢。這對要繳交每年學費五至七千鎊而又沒有生活津貼的海外學生來說，當然是非常值得羨慕，但對劍橋傳統的形象來說，未免不是一巨變。

另一重要改變是男女同校，舊日劍橋清一色是男學生專利，後來添了一兩個女子學院，佔的是極不重要的地位。雖然自一八八一年開始准許女子聽課，這男性中心的學府要遲至一九四八年才承認男女平等，頒發學位給女生。固執堅守傳統，到了不可理喻的程度，至今仍是劍橋校譽的一大污點。

遲至一九七二年才有三間學院並肩創男女同院的先河。但到了一九八五年，在短短的十年內，劍橋二十四間學院不收女生的就只剩下一間了。這個轉變，基本地改變了劍橋的風貌和學生的典型——以前劍橋學生據說可分兩型：一是粗枝大葉「男子氣概」型的波牛；一是詩人氣質傾向同性戀的學者型。雖然目前女生仍佔少數（大約五比二），但已足夠在社交生活發揮了顯著的影響。

在教學方法方面，往日的制度也逐漸不能維持。以前一對一制：每個學生有自己的導師，指導學生功課全面的進展，應選修哪些課程、聽哪位講師的課、溫習方法進度，甚

至私人生活，都加以輔導。講師授課在大課室舉行，隨各系學生自由進去聽；導師課卻是個別上的。這個制度容許高度的個別性，讓每人各按所需，利用大學提供的設備以達到目標。

顯然這種優閑而注重個別性的教學方法，在生活緊湊、注重教育對就業的實際幫助的今天，也要讓步了。尤其是大學經濟開始倚賴政府撥款之後，隨着教育經費預算的緊縮，大學也得逐步放棄這種「奢侈」的教學方法。往日一對一或二的小組導師課現在也往往多至五六人，而私人導師由於要負責的學生增多，關係漸漸變得形式化，沒有真正輔導的內容了。有人認為今日劍橋大學的成績，其實已不再是遙遙領先了。

學生生活

英國經濟不景之下，大學撥款近年頓遭削減，這不單影響教學設備，也影響了學院內師生生活的質素，包括房舍維修、學生宿舍設備，甚至飯堂伙食各方面。建校時預備容納二百宿生的校舍如今收了三百而猶未有經費增建，結果是學生愈住愈擠，運氣好的分配到古老宮殿比例的大房間，運氣差的房間僅可容身，甚至要住在校外。

五月舞會

這個情形於獨立資源充裕的學院當然不顯著——古老學院如聖三一擁有龐大的房地產，收入可觀，足以津貼學院開支，但本身財力薄弱的學院，情況可以達到尷尬的地步。建校於十八世紀的典麗的唐寧學院，以法律科最為卓著，竟出現學生終年吃不飽的現象！這學院本來一直計劃買下鄰近一幅地以完成創校時訂下的校舍圖則，到了最近逼得放棄，終於這幅地為市政府購得計劃興建大型超級市場，將來唐寧學生恐怕會有與各類凍肉菜蔬為鄰之歎了！

然而劍橋畢竟仍是劍橋，窮了還是要比任何新貴的氣派高一截。劍橋畢業生年年仍是最吃香的；政界、政府部門、財經法律界、新聞行業，年年仍是競相聘請；每年全世界申請入劍橋進修的學生人數有增無已，考進了劍橋，仍招人羨慕，自己引以為榮。校園生活，不負眾望，依然繽紛絢燦——劍河賽船、花園派對，恍同神話般豪華的「五月舞會」

照樣每年在六月舉行，俊男美女，穿了大禮服通宵歡舞，至清晨鬢畔花凋、舞衣生皺，猶扶着殘醉在河面泛舟高歌。教育經費儘管收縮，給劍橋的撥款還是削減得比別人輕；這「精英」的名銜，也年復一年的屹立不倒。也許在實際設備和成績上，有些強勁的紅磚大學早已迎頭趕上，但論聲譽、論魅力，要追上是幾乎沒有可能的事。

香港留學生

以劍橋聲譽之隆，香港每年赴英國升學而進入劍橋的卻很少。一九八三年原地香港的劍橋學生大約只有七、八十個，在全校一萬一千多學生中佔的百分比很微，大概比在牛津的人數更少。但香港學生卻在劍橋有好得驚人的聲譽——不單是出了名精於學業，許多人還認為香港來的學生一定非常富有。筆者第一天搬入宿舍，即被門房追問：「你從香港來的是不是？那你認識廖小姐吧？她家裏開銀行的哪！她房間就在你樓上呢！」

還有一次與一位意大利來的同學吃飯——大概她家裏也是開銀行的吧，她對香港非常感興趣。她說她跟一位來自香港的同學很熟，這人家裏每學期給他八千鎊（大概九萬多港元）的零用錢。「香港人多麼有錢啊！」她歎道。

我連忙解釋這人大概是特別富有，這斷不是一般的情形。但她不相信：「我認得好幾個香港學生呢，他們家裏都是差不多這樣子的。」這就是牢不可破的神話。

在港的朋友懷疑，一個學期不過兩個多月，這八千鎊怎樣花？這可不用發愁，方法倒多得很，最簡單的是請客。以劍橋請客和開派對之風之盛，不懂請客或作客實是大缺陷。當然，親自下廚做兩個栗子炆肉、醉雞之類的家鄉菜，一樣可以賓主盡歡，配上兩瓶德國好酒，二十鎊已足夠。但要花費一點又有何難？且隨手擬張隨便的週日香檳早餐的餐單：計香檳酒是預算每人一至二瓶；此間像樣的牌子如寶靈乍是十二鎊左右一瓶，十來二十人麼，單是酒水已要三百六十鎊；另加白蘭頓煙腿一隻，配菜若干，然後少不了鎮上老字號非茲威廉餅家蛋糕數個（劍橋男子之嗜好甜食與女生不遑多讓）；算算五百鎊少不了的了。一星期一宴客，八星期已是四千鎊。

此外，還有隨便在自己房間的小宴呢。菜單上來些甚麼法國鵝肝、俄國魚子呢；如果再租個貴賓廳開生日宴會，請個樂隊助助慶，這八千鎊便不夠花了。

而派對也絕非不尋常的事。每人都花盡心思籌劃，務求新穎別致。譬如某君租了雙層巴士一輛（上層通天），星期日下午周遊劍橋附近郊野。嘉賓四十人，一路上酒水供應不絕，樂韻悠揚。這又該花上多少？

古老傳統的學院制

劍橋大學評議會大樓（Senate House），如今是頒發學位的地方。

在劍橋不時會碰到遊客問路：「劍橋大學在哪兒啊？」這問題的答案可不簡單。劍橋大學和一般大學的一個重要分別是它並沒有一個與城市分開的統一校園，組成劍橋大學的二十多個學院散佈劍橋市鎮各處，有些相距很遠，每個學院各有獨立的校園。大學本部的建築物，主要是行政部門和學系用來授課的課室，也是分散而不聚在一起。這些建築物有些頗具歷史價值，如十四世紀建的，如今是法律系授課地方的「老學系」；十六世紀建的議政院，如今是頒發學位的地點等等，都十分值得欣賞，然而這些都不算是劍橋大學的真正特色。

真正特色是學院的園地房舍。尤其是歷史悠久的幾個主要學院，不單景色優美，而且有趣的地方很多，是不能不看的。

「學院」這個組織源自中世紀；志同道合，有志於學的人聚在一起共同生活，便是一個學院。最初學院只是教師和進行研究工作的學者居住的地方，但很快便有學生入宿跟隨學習，到了今天，自然居住的人主要是學生了。在教學上大學和學院的分工是大學負責聘講師授課，安排考試和頒發學位，而學院負責提供住宿伙食，和主持小組討論及個人生活的導師。

中古時代專志學問的人多是僧侶，所以學院的生活也與修道院形式相似。學院的主要設備是：每人起居自修的靜室、一同吃飯的飯堂，和公用的圖書館；這個安排保存至今。學院自正門入，便分成院子，各有名稱如「前院」、「中院」、「天使院」等等。典型的院子是當中一塊草地，四周繞着房子——有點像中國北方的四合院，可是規模宏大很多。房子又分不同門戶，以字母識別，叫「A梯階」、「B梯階」等；每梯階上去有私人住的房間，以數字排列，A1就是A梯階的一號房。發現地心吸力的牛頓，是聖三一的校友，當年住在大院E梯階四號房。後來院方在房間窗下植了一株蘋果樹，以為紀念。

每個學院建校時代不同，風格各異，不少是帝王降旨所建，極具規模，宏偉華麗。學院園地開放，除了私用地方之外一律歡迎遊人參觀，但卻有一條古怪規矩：學院內修剪

整齊，綠得發亮的草地，只有院士身份的人才准許踏上；其他人如果不是和院士一起，只可走在石徑上。這是劍橋傳統厲行的規矩，犯了的人可能被絕不客氣地囑令離開！

劍橋共有二十四間學院，有幾個是一定要特別加以介紹的。例如：

最古老的學院——彼得堂（Peterhouse）。創校於一二八四年，是劍橋第一個學院。現存的房舍古拙樸實，飯堂仍是十三世紀建的原物。時至今日彼得堂仍是清一色男生，但大勢所趨，八五年開始也要收女生了。

最新的學院——羅便臣學院（Robinson College）。創校於一九七九年，創校人羅便臣是在劍橋出生長大的百萬富翁，以出租電視和飼養名種馬致富。他幼年在家裏的單車店幫手，沒有受過多少正規教育，發迹後卻捐出鉅款創辦羅便臣學院。羅便臣學院紅磚砌校舍，恰似現代堡壘，曾經得獎。學院資金不俗，設備完善，是劍橋大學惟一差不多每個學生都有私人浴室的學院。

彼得堂

聖三一學院

最富有的學院——首推聖三一學院（Trinity College），收入為全大學之冠，八三年達三百五十萬鎊，比第二名的聖約翰學院多出一半以上！收入來源主要是房地產：聖三一是劍橋的一大地主。聖三一為雄心萬丈的英王亨利八世所創，也是校舍最大、佔地最廣的學院。論藝術價值公認最精的是十六世紀大建築師雲納所設計的圖書館，這圖書館外貌輕盈、內部寬敞，是不可多得的傑作。飯堂掛有亨利八世畫像，氣派非凡。其實這學院又可稱最人多勢眾的學院——共有六百四十多人；也是最多名人學院：拜倫、牛頓、近世哲學家羅素，都是聖三一的校友。還有不可不知的，是它總共出了二十位諾貝爾獎金得獎者，是數學、科學最強的學院。

飲食最佳的學院——居然不是最富有的聖三一，而是耶穌學院（Jesus College），也就是愛德華王子讀的學院。可

國王學院

耶穌學院

能是女王愛子心切，希望兒子努力加餐吧。這個傳統擁護共和政體而薄王室的學院，起初並不歡迎王族「入侵」，請願簽名反對的學生上百，不知如何平息了。王子入住之後，採訪花邊新聞的記者接踵而至，這座前身是十一世紀女尼清修之處的學院，也就成了最熱鬧的學院了。

最宏偉的學院——是位於市中心的國王學院（King's College），以高聳峨立的教堂出名，而教堂的聖詠團也是聞名於世，它每年聖誕前夕禮拜，由英國倫敦廣播電台播送到世界每一角落。國王學院建校歷數代帝王，先是亨利六世的夢想，於一四四一年動工，九十年後由亨利八世完成。這學院建築物八三年經過洗刷，回復了雪白奪目的原貌，更見超卓出羣。國王學院思想前衛左傾，近世公認偉大經濟學家祈恩斯雖然是它的校友，但他的經濟學支持資本主義社會，他的名字也就不得母校提起了。

專收婦女的學院——路斯加雲狄舒（Lucy Cavendish College），一九六五年獲得承認成為劍橋大學的學院。專為錯過第一次升學機會或再次入學的成年婦女而設。

港府高官的學院——香港政府有訓練計劃，送政務官出洋進修。據聞新入政府的多數往牛津讀專設課程，資歷較深的到劍橋，或攻讀為期一年左右的碩士學位，或參加特設的數月短課程。收容這些港府高官的學院是胡孚臣學院（Wolfson College），建校於一九六五年，只收研究院和法律系學生。

最著名的橋——徐志摩膾炙人口的散文〈我所知道的康橋〉中說，劍橋的「靈氣全在一條河上」，那麼說劍橋焉可不提劍河上的名橋？橋最著名的有三：一是聖約翰學院的歎息橋——不可與威尼斯的歎息橋混淆；前者「歎息」是形容風吹過橋的聲音，後者是囚犯赴刑場

聖約翰學院的歎息橋

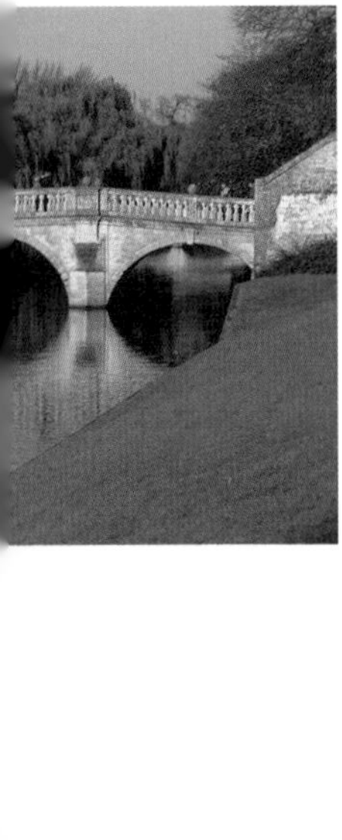

加利爾學院的拱橋

之前，看外邊世界最後一眼歎息之處；二是加利爾學院（Clare College）的拱橋，橋上飾以圓形石球；該學院以花園草木幽美稱勝，石橋是佳景之一；三是在王后學院的數學橋，橋以木條架成，原本全憑力學精心計算，不用一枚釘子，後來毀壞，現在的是按原來樣子築的；橋下河面寬闊，是划船勝地。

從很多方面來看，劍橋仍是一個使人心折的地方。然而最珍貴的是，如果你喜愛讀書思想生活，那麼到了劍橋就彷彿回到家裏。這裏有最廣博的藏書、最醉心研究的一羣人。任何一個上學的日子，你都可以聽到有識之士談笑風生、深入淺出地講授他們的各項專長課題。在這裏學術是享受，為追尋知識探討人生而生活，在這裏視作當然。像這樣的地方，世界恐怕沒有剩下多少個了。

王后學院的數學橋

後記

這張照片，拍攝於一九八三年冬的劍橋。那年《明報周刊》總編輯雷偉坡，知道我到劍橋念法律，就約我寫一篇介紹劍橋大學的文章並提供圖片，特別指明要我在當地的照片，作為「國際名校逐家講」系列的頭炮。坡叔愛護香港文學和作者，同時又有機靈的頭腦，懂得迎合大眾口味的包裝，當年明報報業集團最賺錢的是《明周》，坡叔功不可沒。

我非常用心地又搜查資料又搜集插圖，意在撰寫不帶太多個人成分的報道，比較文明地滿足讀者的好奇心，其實自己反而不大滿意，幸好坡叔神來之筆，刊登時用了〈劍橋窮了〉四字作標題，引人注目之中含蓄地道出了我沒有說出來的孤標冷傲：別人心中高不可攀的名校，吳靄儀卻是滿眼滄桑，昔日王謝。

我在劍橋的日子分開兩段，一九八三年秋至一九八四年夏天，停學一年，然後一九八五年秋重拾課程，至一九八六年夏畢業。我入學時已在港大及波士頓大學分別

取得文學學士、碩士及哲學博士學位，所以劍橋豁免我頭一年 Tripos 1A 課程。如果不是不夠錢，我倒寧願讀足三年。我重返劍橋之後，開始在《明周》寫「劍河橋畔」專欄，一九八六年夏回港之後，改了欄名續寫，此後舊地重遊訪友，間有為文誌之，「劍橋舊蹤迹」就是其中一篇。

我個性不喜歡以作者個人照片做招徠，這張照片是例外，因為我尊重坡叔。隔了三十多年拿出來，聊表我感謝坡叔真摯的友情。

劍橋又富起來了，一九八八年初，我應劍橋大學中港同學會的邀請出席一個研討會，聖約翰院做東請我們晚餐，主人家告訴我們，學院賣了很多地，改投資股市，賺了大錢，已超過聖三一為「首富」了。再後來，劍橋學院經常來香港辦校友活動籌款，幫補政府撥款，這是世界高等教育大勢所趨，樂善好捐者似乎不少，名師設計的新校舍，一幢幢在舊校園建起來。都蠻漂亮的，只是我的頭腦不合時宜，我尋找的劍橋，一直是物質簡樸的精神貴族家園，那個劍橋，早在我踏足其間之前已消逝了，惟有它的幽靈，仍活在維珍尼亞•吳爾芙——一個無緣入讀劍橋，卻婉拒了劍橋名譽博士榮銜的女子——和她的友輩的著作之中。

二零一五年十二月

熱

不知道英國竟可以熱成這個樣子！午間往王后院赴人權研究班老師請的聚會，坐在河邊花園草地上吃喝曬太陽，不多時已汗透衣衫。河上扁舟熙來攘往，忙碌異常，都趁天氣好玩樂去。對岸擺着園遊會，樹蔭下長長的餐桌鋪着雪白枱布，與會者白衣白褲上罩着深藍或藍白間條的夏天外衣，加上鑲藍絲帶草帽，看來十分輕鬆涼快。

夏天的酒分外使人樂得忘形吧？我們這邊還閑談着過去未來，對岸不知何時園遊會已變了另一種遊戲，朝着這邊岸呼嚷起來。這邊岸一名小子抱着個金漆木娃娃，叫道：「天使搶到了！」隨即往院內跑，對岸一人馬上領帶也不解便「噗通」一聲跳下河中泅過來爬上岸追，水花濺起老高，舟上的人無處迴避，不知打濕了多少個，舟子登時亂作一團，正互相吆喝着「讓道」，那追的人居然把木娃娃搶回來，歡呼一聲，先把娃娃高舉起來擲進河裏，然後一個花式跳水，仍舊泅回對岸去。

忙着看別人鬧，不知自己也遭了殃，才半杯白酒，但坐在這太陽裏曬久了，起來竟心口悶得慌，腳步甚感不穩，迫得放棄單車而雇街車回宿舍，一到房間便和衣躺下，不省人事。

起來已是黃昏，沐浴，換上寬袍，又吃了許多水果，才漸漸恢復過來。天氣仍是熱得逼人；窗外男女一對對走過，女士低胸闊裙裸露雙肩，正合時宜，男士全套大禮服卻是不知怎吃得消。

等到稍涼時已近半夜，據聞晚上可能有雷雨，心中記掛着單車還停在城裏，於是出門去取，才踏上小徑，耳邊便是「轟隆」一響——卻不是悶雷，是一朵大煙花在空中散開，婷婷下墜。看方向是聖三一放的，但接着右邊的加利爾院也放了，此起彼落，白金、粉紅、彩綠；金盞菊、點點星、雙花、流線，一個個劃破黑暗的天空。舞樂遙聞，看來聖三一和加利爾的五月舞會都在今夜；放煙花原是他們的傳統壓軸好戲。

加律客舍裏滿是遊人，不少駐足在橋頭翹首看煙花，擠得水洩不通，一個垂着兩長辮子的圓臉小女孩，又怕又喜歡地半塞着耳，依偎在大人身上。不遠，有警察默默地巡視，眼睛但看人羣，無視煙花一朵朵開了又謝。

基斯院照得通明，也關得緊密，閑人免進。解了單車回去，暗巷中衣裙悉索——是逃席的男女？煙花放盡，遊人漸散，卻還有依依不捨的，隔岸羨慕聖三一草地上的繁華。我推着單車小心地穿過人叢，過了這一段便可騎上車去，那該會涼快一點。

鴨子

劍橋的鴨子最是好食懶飛，然而沒有了這羣傢伙，再靈氣逼人的劍河也不免缺乏生活情趣。

沒有數過一條河上有多少鴨子，羅便臣院花園長駐的少說也有二十多隻。飯堂的落地玻璃大窗向着園子，早午晚吃飯時總是見鴨子成羣地徘徊在靠窗的草坡上，或一動不動地站着，一聲不響，一副等飯吃的樣子。有時在花園曲橋上走過，也會看到牠們緩緩地在溪上划水，但卻從未見任何一隻飛過，極惶急也不過是拚命搖擺着肥胖的身軀笨拙地跑。

初來時曾問本地人，這些鴨子能飛嗎？被人譏笑了一場：鴨子自然能飛，即使是劍橋的鴨子！但我天天留心着，總未見過鴨子飛。上學路上到了加律客舍巷拱橋，單車扶到橋頂時常常停下來片刻，看垂柳下綠頭的和褐色翅上一環寶藍的鴨子在水上嬉戲。有遊人拋下麪包屑，那更不得了，互相競逐，潛頭入水追尋——總之一番造作討人歡喜，令施主大感滿意，回去故意多買麪包，好剩下了快快下趟又來。

劍河上真正會飛的是雪白的海鷗，成羣來去，那種展翅翱翔的姿態

使人神往，尤其是在雪鎖冰封白皚皚一片的園子上迴旋，更是超凡脱俗，不比地上的鴨子，吃吃睡睡晃來晃去便算一日。

老和鴨子混在一起的是一種烏黑毛橙紅嘴的鳥，個子比鴨子小一點，腿也瘦長些，走動比較靈活，但總是像流浪漢，閃頭閃腦地佔鴨子的便宜。其實同是此地土著，論理公民權不應比鴨子少吧？但人人的注意力都集中在鴨子身上，一心要餵的也惟鴨子，這些黑毛鳥看也沒有人看。

間中有雁隊飛過，就像小時書本上説那樣成「人」字排開急飛；雁過吵得很，據説因要不住互相傳訊，但在深秋逼近冬天時節，聽起來總覺聲聲淒急。然後低頭看河裏鴨子懵然依舊，毫無飛往温暖地方的意思，不由得代牠們心急起來。終於一夜風雪淒勁，早來劍河的支河都已凝固，看不盡滿目皆是雪光雪色，欣賞之際忽然就想起這些遲鈍蹉跎的傢伙，園裏一個不見，直擔心不知僵卧在哪個角落。過幾天雪融，河水漲滿，盈盈碧綠，天氣仍是寒冰入骨，但拍翅洗得快活河上已是邊滿鴨子，教人既舒一口氣又為之氣結。

冬也快過了，春來鴨子是繁殖季節，説不定哪一天窗前閑讀着，會看見一對神氣非常的鴨子冒出來，領着毛毛黃黃的一行小鴨兒啁啁啾啾從草上走過。

依舊的劍橋

每次到倫敦，都必定騰出一天訪劍橋；每次到劍橋，我那些同伴定身不由己地直線往河邊走。每次必定要弄船，而上了船，就決不會只略在眾學院後園的一截河上來回，而是快快的望上游去。

我說我們今次不要到上游去了，因為提不起精神，沒氣力把這笨重的平底木頭船拉上滾軸去。你知道，劍橋城這段河被分成兩截，從下游到上游，要把船用手拖上岸，越過一條單車徑，再推下河中。雖然斜坡上設有滾軸和路軌，但是原始得要命，少了點氣力也不成。

幸好沒有人同意我這懦夫之見，還是把船拖過去了。上游真是好風光，即使是這日天色陰晴不定，還間有微雨。那忽然一道陽光，照得四周青草碧樹一片玲瓏，被河水一襯托，就令人仿如置身仙境一般。同伴有撐長篙船的高手，快而且準，幾下已拋離人羣，頗有「回頭迢遞數驛」之意。

上游幾乎沒有遊人，河裏一雙雙的是鴨子。我們靠岸停下，繫好船，再把長篙貼船插牢在河牀裏，便在岸上野餐起來。蔬菜、焓蛋、自製的麪包，足具田園風味，略跟鴨子分享，牠們便老實不客氣地拍翅跳上船頭了。

我不知道甚麼人會在河上喝香檳、唸詩，我的腦子一到河上就告假了，清俗念頭一概全無，談話內容毫不豐富，只是一起享受這難得的寧靜時刻。我只覺得十二分滿足，生命裏有沒有成就，有沒有激情，完全不重要。或者，如果在河畔結廬，天天在大自然的靜默中度過，河會變得尋常，然而，每隔一段時候只能作半天探訪，河水的魔力就使人難以不深為沉醉了。

人家坐船姿態優雅，我們活動多多，結果每次都弄了一身的泥。這次，我在自己的學院訂了客房留宿一宵，計劃是先回房間大肆洗擦，清潔整齊了，晚上再去吃喝玩樂。同伴陪我先到門房領取鑰匙，我心中熱烈盼望不要碰見門房頭子布恩才好，這人最一副了不起的模樣，一向惹人反感。幸好這天是假期，只有約加一人當值，他頭腦有點笨鈍，但卻是一等好人，見了我們幾個，竟然不動聲色，交過鑰匙，閑聊幾句，就像我們從來沒有離開過一樣。

分別幾年，後園的樹木都長高了，花叢也茂密不少，從陽台上下望，居然開始有點幽深的味道，可能只是來得湊巧，彎彎曲曲穿過花園的支河河水盈溢，使池塘垂柳都分外明媚。紅磚砌的得獎校舍仍然得不到我的歡心，但重臨的人得到友善的款待，對其他種種，自然也不好作甚麼要求了。

晚上到老地方吃飯，餐牌竟全無改變，太不長進了。

劍橋舊蹤迹

從幸福的滿地可回倫敦，第一件事就是會合剛自土耳其旅行回來的朋友，一起到葛頓南看他買的破房子。葛頓南村在劍橋近郊，自然順道也到劍橋拐個彎了。

那是個陰暗的早晨，朋友典型英式客氣：「真抱歉，天氣不大好。」我答道：「我倒喜歡劍橋的陰天呢。」但火車接近劍橋，天氣就晴朗起來了，下車時，劍橋籠罩在一片燦爛的陽光裏，空氣溫和，熏風吹得途人醉。我們不雇車子，就信步向鎮上走去，一路上談着闊別以來各人的事。

走過柏加草坪板球地，就踏入劍橋的市鎮中心和大學各學院的範圍了。草坪依舊，依舊這裏那裏坐卧着享受陽光的人；草坪一角的休憩亭依舊，亭裏有個頗有名氣的咖啡室，看來也是熱鬧如故。

或者劍橋是細雨中清幽，但陽光裏的劍橋教人放肆，教人說話漸漸由踏實的人與事變成批評與意見，而且愈來愈尖刻幽默。世上只有這個地方，可以使我感到這麼自由，這麼開懷地說很多非常非常輕蔑的聰明話。

穿過市集，目的自然是往河邊去。五月大考在即，所有學院都閉門謝客，我們選擇了到國王學院走，因為我們在欣賞之餘，跟這個學院最沒有個人恩怨，而且站在它後院橋上，望向加利爾學院邊，眼前垂柳拂岸，道道拱橋橫越劍河，正是劍橋最可愛的景色之一。

我一直只是個過客，即使是在此間做學生的時候；但朋友與劍橋卻是愛恨交纏，難捨難分。過去，劍橋辜負了他，使他受創至深，我叫他忘掉劍橋，他不肯；經過差不多十年的磨折，他終於要回來再闖。對他來說，踏在劍橋土地上的每一步，點在河心的每一篙，都像碰着舊傷痕。

他的將來是在聖三一，那家我認為最討厭最氣餒的王家學院；我們就在聖三一河邊草地坐下來看鴨子，吃帶來的蘋果和三文治。河上的船還少，比盛夏寧靜得多了。吃着，就有戴着圓頂帽子的聖三一校工走過來，禮貌地告訴我們規矩是不得在學院場地吃喝。但他說得那麼委婉，又那麼通情地同意不會再來騷擾我們，我心軟起來，就不好意思想甚麼刻薄的話來諷刺這掃興的新規矩了。

吃喝過之後，勇氣也大了，我們走往舊日同窗的學院，發現添了好幾幢房舍，園裏花木也長得比以前茂盛得多，綠草如茵，收拾得好不整齊。「怕抖起來了。」我說。我們就坐在園裏的木椅上，在陽光裏，在花香與微風中，靜默地看着舊時的我們在長長的迴廊上幽幽地走過。

英倫風貌

「倫敦的餐館近年頗有進步，要是寫成一本《食在倫敦》，看來也會有厚厚一冊。但倫敦最好的都不是這些，而是他的公園、書店、街道——或者可以合稱為書卷氣，而且是本我看得懂的書。」

——〈倫敦〉

科茨沃爾德郡——杜華山
法治之碑
倫敦

英倫足迹

英國行政區

英格蘭　北愛爾蘭

蘇格蘭　威爾斯

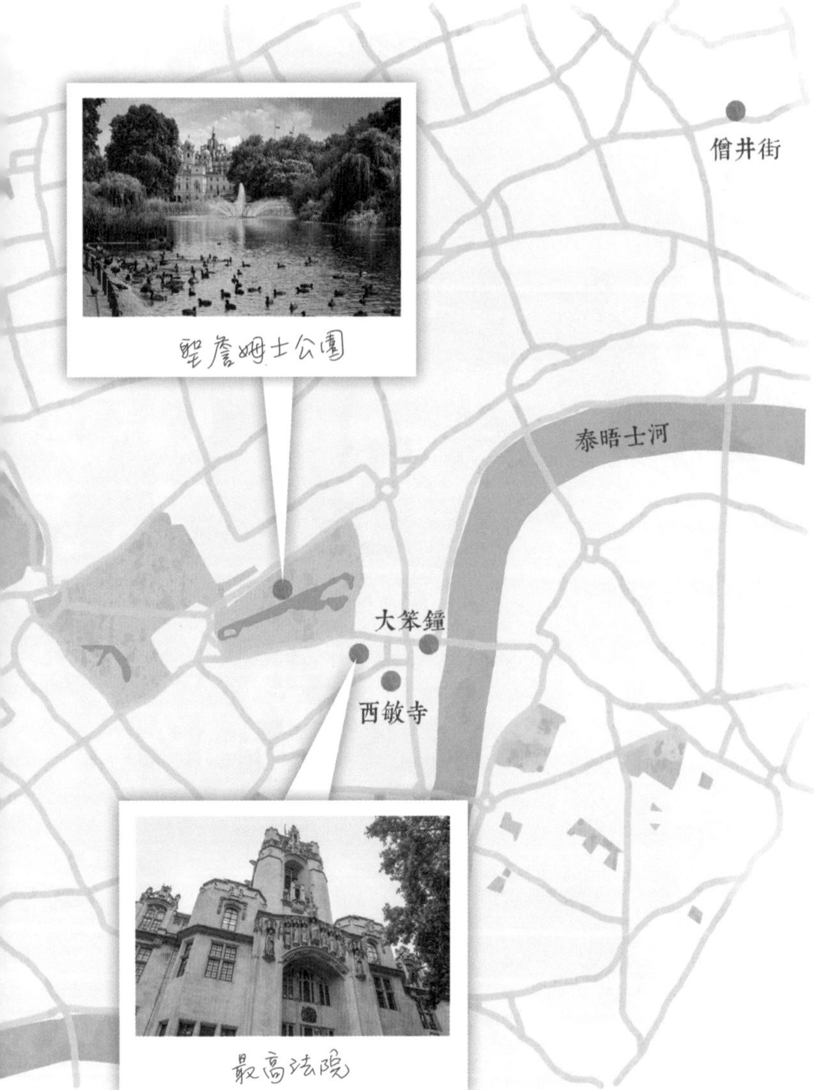
聖詹姆士公園
僧井街
泰晤士河
大笨鐘
西敏寺
最高法院

泰晤士河及附近景點

倫敦

對倫敦始終偏愛。最主要是方便舒適，布拉格比她動人，威尼斯比她浪漫，巴黎比她華麗，但是我不懂得這些國家的語文，行動總受限制，心情也始終不能全部放鬆。

倫敦的空氣十分髒，以前燒煤，一定更加髒得不能想像，但現在的髒，是混雜的多種空氣污染，幸好常常下雨，給空氣洗一洗。除了空氣污染外，倫敦實在不算討厭。我喜歡這城市有歷史趣味，哪一個區是最早的聚居地，市中心最初在甚麼地方，後來移到哪個區去——諸如此類；我就是愛聽這些變遷的故事，愛查訪各個時代留下來的不同建築風格、歷史殘迹。我不喜歡太理性的城市，一次過創造出來，樣樣已各有適當位置。倫敦像個有機物體，令人容易感到共鳴。

你看泰晤士河的潮水漲退，你想起以前被問吊的犯人，屍首懸在碼頭的木柱上，要受河水三漲三退淹沒暴曬，方可解下來安葬，你想像那個時代是甚麼時代？只不過距今三百餘年，如今對岸已是優皮世界的貨倉改建公寓了。倫敦人最為倫敦的過去着迷，新書出了一本又一本，甚至倫敦的古代排污渠道，也有人作為研究對象，以精裝大開圖片出版。

在演藝文化方面，倫敦多半不及紐約，更不及巴黎熱鬧前衛，但任何一晚要選一場出色的表演娛樂一下，總不會有太大困難。倫敦的餐館近年頗有進步，要是寫成一本《食在倫敦》，看來也會有厚厚一冊。但倫敦最好的都不是這些，而是他的公園、書店、街道——或者可以合稱為書卷氣，而且是本我看得懂的書。

泰晤士河

倫敦的歷史都寫在一條河上。遠古時，羅馬來的征服者紮營開埠在倫敦村，就是為看中這條河道，以後五湖四海遠洋通商大船來往絡繹不絕，直至二十世紀中葉才沉寂下來。

但泰晤士河不但是商業的管脈，在英國史上君主制度最威煌的時代——亨利八世的刁陀王朝——這條河更是王室貴冑最常用的通道。亨利八世、他的女兒伊利沙伯一世都不大住倫敦城，而愛住在上游的烈治文宮、咸比頓宮。從行宮到西敏寺做典慶禮拜、到國會，也就不像如今英女王那樣坐局促的馬車，而是威儀萬狀地坐平底船緩緩而至了。

政變之際，捲入漩渦的貴族被抓到倫敦塔坐牢，繼而斬首，走的也是水路，從一個叫「叛國者門」的入口進去。一五五四年，伊利沙伯被同父異母的姊姊瑪麗一世囚禁倫敦塔，入此門時就舉目向上蒼悲歎道：她從沒料到有一天會以囚犯的身份到這裏來，她不是叛國者，而是生生死死，永遠是她姊姊的忠臣。

所以每到倫敦來，總想跑到河邊去散散步，最好到河上坐船，一發思古之幽情。無論往上游或是下游，坐船的出發點都是西敏寺碼頭。上游可經 Kew Gardens 王家植物園、烈治文、直達咸比頓宮，單程約需三小時，但那只是大約時間，泰晤士河有潮漲潮退，上次我坐的船，就因潮退、水位太低，在近烈治文不遠的地方擱着無法前駛，足足等了一小時多，等到潮水復漲才能繼續。

上游幽靜，愈行愈是郊野風味，河窄水淺，兩岸長草碧樹，河上水禽悠然划着水。到達烈治文之前要經過一個水閘，在烈治文與咸比頓宮之間又是一個水閘，看水閘運作，是十分有趣的一回事。

終點的咸比頓宮，建於一片廣闊開朗的園林之中，是最具氣派的一座行宮。花園一角有玻璃温室，幾乎完全為一株近三百年的葡萄藤所佔滿，據説，這是全歐洲最老的一株葡萄。以前温室葡萄為王室及富貴中人所專享，現在葡萄易得，它的價值就盡在植物奇觀了。

下游直至格林威治村需時約六十分鐘，氣氛完全不同，這是倫敦最滄桑的一面，潮夕痕迹，記載的都是平民為生活掙扎的血淚史。這邊貨倉林立，附近是當年的貧民窟，水手買醉的地方、妓女賣笑的地方；這邊警察管不了，昏暗的煤氣街燈下，搶掠殺害罪惡無數。最初的唐人街，也是在這一帶，最可怖的是處決海盜的碼頭，囚犯吊死之後，屍身縛在岸邊的木柱上，要潮水三次漲退才解下來。

總之，到倫敦去不要忘了泰晤士河，霧中倫敦是河畔看的好，若是晴天，那就要到河上去了。

聖詹姆士

倫敦最可愛的是市中心的幾個公園，儘管這個大城市已髒得不成樣子，而街上的交通處處擠塞不堪，有這幾個青綠寧靜的公園隔一隔，總還可以忍受得住。

幾個公園中最典雅文秀的是聖詹姆士公園。從宏偉的西敏寺國會大樓走過來，繞過政府總署的白廳、查爾斯王街的外交部那一列十九世紀的華廈，眼前突然一片怡神的草地及樹木，那就是聖詹姆士公園了。

聖詹姆士公園並沒有甚麼擺設，不過是一些花圃、幾條小徑。最獨特的是横着公園彎彎曲曲的一個湖，湖上幾處噴泉。那道架在湖

上的通花鐵欄窄橋，不過是普通貨色，但站在橋上遠眺，湖的盡處是幾座樓閣玲瓏的宮殿，被那噴泉一襯托，加上近處的水禽、湖畔的垂柳，怎樣看都是一幅童話仙境。到黃昏，湖面及林間燈光亮起，那宮殿另有射燈照得雪白，幾枝金漆的風信雞閃耀輝煌，更是優雅高華得令人神往，站在橋上，恍惚就聽到別殿遙傳鼓樂了。

冬天裏的聖詹姆士一片皚白，更加寧靜，雖在鬧市，卻不像人間。但我最喜歡的還是在春天絲絲微雨中的聖詹姆士。那輕寒的天氣最合散步，雨中的春草分外青綠，雨中的樹幹特別烏黑濕亮，細雨夢迴的氣氛盪漾，市聲車聲都朦朧起來。

走出聖詹姆士公園，便是聖詹姆士宮了。這古舊的宮殿簡樸無華，但黑黝黝的門牆庭院，有它自己的莊嚴肅穆。我喜歡聖詹姆士宮遠遠多過白金漢宮，那邊熱鬧非凡，其門若市，正缺少了聖詹姆士宮那股森然。聖詹姆士宮那一帶的樓房盡是上幾個世紀的建築物，維修得異常整齊。那裏有幾條小小的街道，一貫是專售上流社會的男士服飾，比如最老字號的帽店、鞋店都是在此。長期顧客有木製的頭型、腳型經年存在店裏，鞋、帽都是按着個人尺寸及喜好訂製的。

爵爾文街自然就是度身訂造襯衣的「聖地」了，以前只為男士服務，現在向婦解致敬，也訂造女士襯衣，不過致敬畢竟是禮貌上的動作，認真的事業，仍是男士襯衣。我愛這條街倒不是為男士襯衣，而是為了那些賣老牌子香皂、花露水之類用品的舊店、那擺滿了林林總總英倫三島出產的乳酪及果醬的店子。在這些地方，生活縱使不再悠閑，也未至淪為野蠻的地步。

略在爵爾文街轉轉，就該踏上回程了，黃昏中的聖詹姆士公園浪漫得近乎悽愴。當然，另一頭是通向白金漢宮，從白金漢宮一側穿過「青綠公園」，出來便是車水馬龍、奢華氣象的比加的利區了。那裏有麗池大酒店、邦街；再過去是海德公園、是哈勞斯百貨商店。但在我心目中，聖詹姆士這邊仍是最有味道的。

僧井街

對倫敦情有獨鍾，是為它的歷史感着迷。

上次度假，入住一家在東北區叫 Clerkenwell 區的酒店，這個地區是中古倫敦心臟地帶，到今仍處處看到中古時代的遺迹。

依我的譯法，此區可稱為「僧井街」，'Clerk' 是「僧侶」而不是現代「文員」的意思。照看，當時此地的甜水井，吸引了好些修道僧侶到來修築寺院聚居。其中最著名的自然是聖約翰武士修院，他們行醫濟世，在大瘟疫時期，恐怖氣氛籠罩全城，只有聖約翰修士組織成一隊一隊的救護隊，四出巡邏，醫護病者，殮葬死者。這就是現代聖約翰救傷隊的前身。聖約翰門樓建於一五零四年，依然屹立於這區聖約翰廣場（St John's Square）。

廣場東有聖約翰大街，路面廣闊，原來自古以來已是農夫牧人趕着牛羊牲口到附近史密夫市集（Smithfield Market）的主要通道。今天的遊客看到的中央肉市場大樓，建築宏偉氣派，是維多利亞時代的建

築物。街市前的街道叫 Charterhouse Street，是以一三七四年建寺於此區的一所修院命名。

除了僧人名寺外，中古各行各業興起，各有行業獨立組織，包括技工和各種商品的專營商販，例如布疋、珠寶等，都聚集於此，十分興旺，有點像本特區的功能界別。有叫布街（Cloth Lane）的窄巷，昔日是熱鬧的販賣場，扒手、娼妓混雜人叢，惡名遠播。

十六世紀，亨利八世建立新教，沒收寺院財產土地歸公（即是他的私囊），僧井街開始沒落。到了十九世紀，已淪為貨倉酒廠佔用的工業區，然後工業式微，廠房空置破落，垃圾堆積。然後，柳暗花明，上世紀九十年代被看中成為舊區重建的對象，如今已具規模，酒館食肆入駐舊時廠房，商廈與卵石小街毗鄰，別具風味。我的酒店原是貨倉，地窖有活泉水井，打上置瓶，每個房間都獲配發，於是相隔七百年，我與苦修僧人共飲甜井水。

英倫最高法院的新房子

上議院作為代英王審理案件的傳統，源流古遠，而自十九世紀中葉開始，英王特別冊封司法界翹楚為終身貴族，俗稱'Law Lords'，由他們專責審理上訴至上議院的案件。過去的一個半世紀，上議院（House of Lords）及樞密院（Privy Council）的案件，是普通法制的至高權威。以司法地位而為貴族，顯示法律在這個國家的尊貴地位，同時上議院法庭的存在，也令上議院享有實至名歸的聲望。

前任首相貝理雅，認為這個古老制度難以為普通百姓明白，司法與立法權在同一屋簷下施行，會混淆不清，不合時宜，於是在二零零五年通過法例，將這個一百六十多年的制度一筆勾銷，另立一個「最高法院」（The Supreme Court），叫這批法律勳爵遷出上議院。

既為司法貴族，大法官豈是省油之燈？於是要貝理雅先設置一所切合全國最高法院權威地位

的新房子，集莊嚴傳統與創新科技於一身，好讓大法官擇吉喬遷。新房子終於在二零零九年十月裝修停妥，耗資五千六百萬英鎊，是翻新及改裝與西敏寺一草坪之隔的二十世紀初建築物而成的。本人遠赴倫敦開會，當然要見識一下這座新成的最高法院，幸好有人神通廣大，為我安排了專人導遊，詳加介紹其中的特色和歷史。

法院大樓是原建於一九零六年的古迹，大致與香港的最高法院（即現時的終審法院）同期，新哥德式風格，以淡灰黃的波特蘭石建成，改裝時保留了原有的石、木雕塑及彩色玻璃裝飾，但清理掉沉重殘舊的家具，另外設置了流線形的桌椅，法官席與律師席同一高低，採用深棕色木及深綠皮革色調，地上鋪着特別織成最高法院標誌的地氈。這個標誌以英格蘭的紅、白玫瑰、蘇格蘭的紫薊花、威爾斯的青蒜與愛爾蘭的三葉草組成，色彩鮮麗，除了地氈，還以水晶刻製成徽章，高懸於明堂，我一時之間，難以決定是親切還是輕佻。

三個法庭，分別處於兩層，全部有最新的電腦、錄音、錄影設備。地庫及天井一層有飯堂，最精彩是貫穿地庫至二樓的三層高圖書室，坐在大樓的心臟，古籍環繞，學問與世情匯集，明斷是非，應有這樣的環境。

波多比路舊市場

波多比路舊市場（Portobello Market）是倫敦第四大遊客勝地，每星期六早上，整個區擠滿了興奮的遊人。沿街的商場櫛比鱗次，進門如入藏寶的山洞，又狹又深，裏面擺賣的檔攤無數，而商場的建築物本身已是古迹，通往閣樓或地窖的木樓梯窄小古舊，加強了尋寶的刺激。無論買得的是絕世奇珍還是三數十元之值的小玩意，一樣帶來莫大的滿足感。走累了或餓了，有的是熟食檔和咖啡檔，甚至有茶座，可供遊人歇腳。

可是，這個市場正面臨消失的危機。最近，有發展商看中了這一帶，買下了其中一個物業，打算改建了租給大型連鎖商店集團。惟一問題是，這一帶的市場建築物用途有規限地窖部分每周不得開放超過兩天。發展商於是向市議會申請撤銷該項限制，以便實行他的發展大計。不少已在當區經營了大半個世紀的古董商，為了捍衛該區的原貌和生活方式，團結起來集體反對，終於上月成功否決了申請，發展商暫時受挫。

原來我最喜歡的一家古董店的大家姐，正是反抗運動中的一名活躍分子，我到訪那天，她剛收到律師信，不准她進入對面的商場，又禁止該商場的租客與她來往。這紙文書引起熱烈討論，連我這陌生人也不禁加入戰圈，一談到菜園村和反高鐵，馬上引起了莫大興趣，捍衛原有生活方式的人，原是無分國界，菜園村和波多比路舊市場，同是面對風雨的同路人。

補篇

其實帶頭捍衛舊市場原貌的，是一位身高不滿五呎的六十四歲女士 Marion Gettleson。她和兄妹合營在一四六號鋪位叫 Delahar 的老字號，專營古董科學儀器，兼售古董及懷舊飾物。我每到倫敦度假，有空都會到那裏一逛，為看他們收集的幾件一七八零年葡萄牙透明礦石胸飾。Chrysoberyl 不太值錢，值錢的是雄渾華麗的工藝，我用不着也買不起這樣的東西。

那次走進店內，就聽得 Marion 和店內幾人討論得熱鬧。她剛接到律師信，以她「搞事」為由，禁止她進入那名發展商買下的商場，否則告她非法闖入罪。該商場內無數大小檔攤，是她店的重要貨源，此舉當然意在打擊她的生意。她馬上諮詢自己的律師，查得對方的信件毫無法律效力，於是嗤之以鼻。不但如此，對方的手段，刺激起她團結坊眾，與惡勢力周旋到底的決心，把 'Save the Portobello Road Market Campaign'（救護波多比路市集運動）做得更加精彩壯大。最近上網探查，Marion 仍在維護當區小商户的權利，活躍如故。

那天，碰巧店內有一枚小小的葡萄牙 Order of Christ 聖十字勳章，價錢還可以，Marion 推薦，我欣然買下，紀念這次有趣的聚會。

二零一五年十二月

哈勞斯的圖書館

倫敦老字號百貨公司哈勞斯，一度享有「甚麼都可以在哈勞斯買到」的美譽，小至縫衣針，大至大笨象，都絕無困難，一九六零年代至一九八九年，甚至設有借閱圖書館，服務的讀者之中不乏名家望族，幾年前剛逝世的英國王太后，就是長期主顧之一，哈勞斯有專人侍奉，將太后借閱的圖書，用雙層雪梨紙包裹好，定期送到王宮。

不但對王太后服務周到，對其他顧客亦然。他們將顧客名單按英文字母編序，分成幾組，每組由專人負責，平日記住每位讀者的興趣口味，貴客光臨，就可以從容推介合適的新書。圖書館職員日常留心書評期刊，備受注重的新書，一定早早訂來，以供顧客借閱，如果顧客要的書現有的藏書中未備，職員就會馬上跑到樓下的圖書部買一本，如果圖書部竟然也缺貨，他們二話不說，即時親身到出版商那裏買回來。這才稱得上是「一流服務」嘛！

所以老主顧都說，哈勞斯今非昔比了，完全失去了優雅風格，只有商品和利潤兩字。事實上，結束借閱圖書館，正是一葉知秋。閱讀，像購物，是娛樂的一種，哈勞斯借閱圖書館的傳統可以追溯到珍·奧斯汀時代，那時大城市都有兩三家專供預交年費的讀者借書的借閱圖書館，上流社會婦女不但賴以享受到遍閱流行小説的樂趣，而且常以圖書館休息室為碰頭地點，奧斯汀的新作，也是經這個借閱服務廣為流傳的。

暴動英倫

八月初甫抵倫敦，就聽到周末在英國好幾個城市連串暴動的消息，當天下午，應當還是下午茶時分，我到一家家具店有點事要辦，但店員居然已準備熄燈關鋪，神色憂慮，原來她收到警方勸喻，最好讓員工早點下班，使她們能在入黑之前就回到家裏，以策安全。

那是星期二。警方已預備好增添大量人手巡邏，並公佈會對暴動的人採取強硬態度，以回應社會上一片憤怒的聲音。警方無法否認一早低估了事情的嚴重性，以為只是上週一宗警員開槍事件引起不滿，後來才醒覺到這些行為迅速擴散，已脫離了原來的事端，演變為純粹集體爆竊

搶掠、縱火，甚至造成人命傷亡等犯罪行為。最令人震驚的是參加暴動的絕大多數屬青少年，搶掠的商品大多是一般消費品，有一張圖片拍攝到一名年輕女子，抱着幾對搶來的名牌運動鞋飛跑，神情興奮，好像是拾到寶物一樣，毫不覺是犯法行為。

強硬行動包括大量拘捕、檢控、提堂，多個裁判法庭連夜開庭，以處理數以百計的被告人。我可以感到英國這次在天下人面前出了大醜，不但暴露了警方的內在弱點，更暴露了英國社會存在的嚴重矛盾和道德價值真空，這也是令朝野上下最難堪之處。

惟一可說是令人敬佩的是星期三下議院復會緊急辯論的各派議員的表現，朝野兩派在國民面前展現團結一致的決心，沒有藉機互相攻擊，反而特別禮數十足，首相卡梅倫雖然沒有甚麼驚人之語，但全面向國會交代，接受問責，有問必答，連續三小時，直至所有議員提問完畢為止。這個老牌民主憲制，仍是保留了應有的風度。

法治之碑

離温莎堡不遠有一大片田野，叫做 Runnymede，就是歷史有名的大憲章簽署之地，小山坡上有個石碑紀念這項史實。

美國人大概不認為這只是英國一國的歷史事件，更不認為那麼簡陋矮小的一塊石碑就足以表達事件的重大意義。一九五七年，美國全國律師公會在舊石碑一箭之遙，另闢地修園，也在坡上建築了一座圓亭，圓亭的天頂漆成蔚藍的星空，中有天窗，讓日光透過，投射在圓柱形的紀念碑上。

圓亭天頂內刻着銘文：'Magna Carta Memorial: Freedom under Law'。在法律之下享有自由始於大憲章；大憲章是法治的起源，律師的天職維護法治，所以美國律師公會就要越洋而來，在這法治的歷史發源地上建築紀念碑了。

不但建築紀念碑，而且每隔幾年就要重來，並銘刻為證。最近一次是二千年七月十五日，銘文曰：「新的千禧將臨，誌記法律之下的自由，過往如是，將來亦然。」

圓亭在坡上，從山坡腳沿小徑而上，頗有瞻仰之意，圓亭又築在石台上，要步上三四級才進入亭中，神殿的意味益發明顯。

虔誠固可敬，然而回望舊碑，卻反見踏實。圍着碑腳是一圈木柵——就是常見圍着新植小樹那種，保護柵內豎立之物勿讓田野裏的牛羊碰撞推倒。

古村風情

大概是雅嘉沙・姬絲汀的偵探小說看得太多，一直嚮往在英國鄉下小村小住，領略一下那種生活環境。這次終於如願，在科茨沃爾德郡（Costwolds）的 Chipping Campden 度假小休。Costwolds 有英國花園區的美譽，丘陵起伏的地形，青綠田野，阡陌縱橫，一派舒暢悅目，而 Chipping Campden 更是該區具歷史名勝地位的一條古村。'Chipping' 的意思是「市集」，'Campden' 的意思是山谷；位於幽美的山谷，中古以來就是周邊農人趕集販賣牲口和羊毛的市集。羊毛商人生意興隆，發財之餘廣置田地，除了蓋大宅為兒孫立

下基業之外，還熱心公益，捐錢建教堂、築慈善房舍安老扶貧，甚至在大街市中心建有蓋的市集，好讓農人商販有遮風擋雨取暖之處。後來羊毛行業式微，風光不再，但這些優美的建築物依然屹立，供人憑弔古風。

Chipping Campden 風景如畫，到了二十世紀初，又吸引了一批工藝運動中人來此奠立合作社基地。銀匠、木匠、石刻、版畫、織造、製紙、釘裝書籍等等工藝，所宣揚的，是以手藝製作換取生活所需的高尚精神，可惜理想終於戰不勝現實，合作社不久解散。

但這個實驗畢竟影響深遠，不少工藝傳人已立根於此，世代經營，有雅興來訪，應不會空手而還。但有心人的貢獻還不止於此。

我來這裏的目的之一是遠足散心，這天清早出發，沿賀家徑緩步攀上一處叫杜華山（Dover's Hill）的山丘。山雖不高，但縱目環顧，可窮千里，景色温婉和平，令人心寬意悠。山上有紀念石柱，柱頂銅牌有銘文誌記一位叫 Frederick Grigg 的工藝家。原來當時有商人看中此山，欲發展為大酒店，基利格為阻止此事，竟傾其所有，買下了杜華山。

後來友好募捐，奉還買價，杜華山於一九二六年捐贈國家信託。若不是當年熱血之舉，今天 Cotswold 的風光必然改觀！

古鎮美食

剛從英國鄉區古鎮德狄比利（Tetbury）探朋友及度假回來，很多意外之喜，其中之一就是發現了一家美食店兼餐室，小住七天，居然有三天在這裏吃飯，第三次還招呼朋友分享，顯見不是凡品。

這家美食店在鎮上大街，名叫 The Chef's Table，樓下當街擺賣鮮魚海產，餐單上有是日煎魚，天天新鮮，頭一天的是日鮮魚是海鱈（hake），魚柳兩塊煎得皮香肉嫩，以薯蓉墊底，上覆煎脆的意大利煙肉，旁邊是一堆好像剛自菜園摘下來的各式嫩葉，輕盈得像翠綠羽毛，質、香、色、味全部完美，令人食指大動，吃光了才省起其實值得拍照留念！

次日故意只點了頭盤，留位給甜品。這個頭盤（本店特色醃三文魚）其實也令人驚喜，改天有機會要介紹，但甜品更加厲害，餐單上形容為「焦糖核果梳芙厘及太妃香蕉雪糕」，上來卻是一塊小木板上兩個小盅，一盅是香噴噴熱呼呼的梳芙厘，挑一匙放進口中，甜香滿口，焦糖的美味奇佳，另一盅是玻璃瓶，一球呍呢拿雪糕蓋着軟焗香蕉，三種不同味道互相配合，一冷一熱互相衝擊，真是奇妙之極！幸好這次記得拍照，雖然已吃了一匙！

Tetbury 是科茨沃爾德郡的一個小鎮，中世紀已甚為繁榮昌盛，到了十七世紀，又因羊毛業而發達起來，鎮上的市集大樓，也是建於這個年代，大街上的房屋，很多保留原貌，包括這家食店所在，而我下榻之處，則是一六二零年所建，一直完好保養至今。

窮人的教堂

我在英國德狄比利鎮遊覽的時候，看到一座外貌古舊，彷彿已被棄置的教堂，但它佔地不小，而且建築一派莊嚴，為何會落得這般香火冷落？究竟它年代有多久遠？看它座落於古鎮邊沿，門前大街叫做 New Church Street，「新教堂」很顯然就是它了，既然新建，又緣何白楊衰草，這麼快就荒蕪？

好奇起來，我四處搜索資料，發現原來有一段感人歷史。這座教堂名為聖救世主堂，建於一八四八年。當時英倫的教堂，收入有賴堂區上的富有人家繳付豐厚租金，長期租用教堂裏的座位，以致餘下可供信眾免費使用的座位

無多。檔案紀錄，一八四二年鎮上三千名居民之中，有一千八百人屬於貧窮百姓，但堂區主堂只有二百四十個免費座位。

為了讓所有窮人都有地方做禮拜，有位叫 Lowder 的助理牧師發起運動，興建一座全部座位免費的新教堂，建築師和承建商都是當地人，而建築材料也是取自周遭地區，設計採用了十四世紀的典雅型教堂模式。建築費共三千四百英鎊，其中二千鎊來自教區主牧 John Frampton 的私人捐贈。

不料，落成不到一個世代，租用教堂座位的制度全面廢除了，於是苦心建成的新教堂就失去了用場。到一九七三年，英國教會正式將聖救世主堂列為「冗堂」，每年只做一次禮拜。有人謔稱它為‘Frampton Folly’（folly 語帶雙關，沒有實際用途的裝飾花園的建築物稱為 folly，但 folly 也是諷刺主牧愚蠢），我卻是對這位熱心人肅然起敬。

手織呢絨

千里迢迢，從香港飛至倫敦，又從倫敦飛往蘇格蘭至北的城市因佛尼斯，再飛西北極地的希比利狄斯羣島，無非為親身尋訪漸成絕響的哈里斯呢絨（Harris Tweed）。

「哈里斯」不是一隻牌子而是希比利狄斯一個島嶼的名字，按英國法例，只有在這羣島嶼上以蘇格蘭土產羊毛手織成的呢絨，才可合法擁有這個名稱。

希比利狄斯羣島的山水別具氣質，嶙峋石上披着蒼苔和如雲似霧的山嵐，幽谷處處是清澈的湖泊。人煙稀少，高地下覽，海天遼闊，萬籟靜寂，織呢的農戶，就零散地居住在水畔山間的石屋之中。羣島氣候多變，一時晴空萬里，草石山泉，無不和藹亮麗，一旦天陰雲翳，勁風冷雨，整個氛圍便驟轉肅殺，那時就不難想見島上農戶生活的孤立與苛刻了。

哈里斯呢絨恰如哈里斯的土地，是一種粗厚耐寒的花呢。傳統生產方法，原料來自島上牧養的羊毛，染料是天然的花草苔蘚與土煤燒成的灰燼，農戶一手完成，從染色、紡線、編織、漂洗、晾曬等整個工序，耕種畜牧以求自給自足之餘，織呢就成了島上農家換取其他物資和工具的主要生計了。

現時，哈里斯呢絨的生產，不再是一家一戶一手完成的產物，大部分工序都在附近的工場完成，惟有織呢仍是由個別農戶手織。聞說為適應市場需要，哈里斯呢絨要走上減薄和限制花紋種類及顏色的道路了。

我自織戶「搶救」回來的數束，在全球暖化的威脅之下，可能即成古迹遺物，只供我憑弔這山水一程了。

歐洲掠影

「這裏的小商店多姿多彩，特別哄人花錢，不費幾文的小擺設，價值連城的奇珍異寶，觀之不足，忽然天就晚了，海風薰人醉，此間樂，不思蜀矣。」

——〈卡普里風情〉

威尼斯
佛羅倫斯
西愛那
蒙塔希諾
蒙地斯
托斯卡納省
羅馬
卡普里島
卡斯特拉巴泰
羅馬

歐洲三國遊

琥珀油條

西班牙著名的早餐是一種叫 churro 的油條加熱朱古力，本地人愛將油條蘸着朱古力吃，又鹹又甜，香脆燙熱，樂在其中。

鬥牛名城塞維亞的白衣聖母巷口有一家油條老店，星期日早上，在店前擺着攤檔，在店內炸得新鮮滾熱的大圈大圈油條，直接從油鑊快速丟到攤檔的枱面，滾油還吱吱價響。攤檔一邊是熱朱古力機，看檔的漢子一手抓起白紙摺成紙筒，將油條折

斷放入，一手斟出熱朱古力一杯送上，乾淨利落，令我們這些已吃過早餐的過路遊客也感到非來一客不可。

但店前白粉牆上還掛了玻璃窗櫥，掛滿了精緻的琥珀和緬甸玉飾物，我們的眼光和腳步又一下子被吸引了過去。正欣賞間，圍着白圍裙的賣油條漢子過來招呼，原來他也是珠寶工匠，這些飾物多是他的手藝。

他見我們興致甚高，也不顧得油條了，連忙交下給同伴看檔，就跟我們介紹他的作品，又招呼我們到店內。店內面積不大，大油鑊佔了一壁，左右兩壁有小小窗櫥，掛着各式琥珀項鏈、鏈墜等飾物，雖不名貴，卻甚具風格。擺在高架上還有巨如手臂的天然水晶數柱，那是他的珍藏，不知是否一邊炸油條一邊欣賞會令他心情更加愉快。

我們要了幾件看，他一一拿出來之後，隨即交給旁邊的助手叫他先清潔一下：「有油漬不大好。」他解釋。再邀請我們到店外在陽光下細看及試戴，拿出一面小鏡子，道歉：「恐怕也有點油。」又拭抹一番。油漬不掩手藝與天然精美，價錢也不貴。談起來，他說他家這檔油條已經營了三代，他本人愛上了琥珀，愛它清澈的金黃晶體內留住的千萬年前世界，於是炸油條公餘就專情琥珀及其他寶石工藝。意外遇上知音人，令他大樂，搬出名貴好貨讓我們觀賞，又請我們吃鮮炸油條，粗肥的油條遠較幼細的好吃和地道，一人一小杯熱朱古力，蘸着吃，果然別有風味，沒想到，琥珀與油條，可以同在一家。

威尼斯

一直懷念威尼斯，雖然上次去的時候是炎夏，而聖馬可廣場上擠滿了全世界的遊客。由於初到那天晚上有煙花匯演，廣場上比平日更擠，絕大部分人坐着不動等看煙花。雖然如此，威尼斯仍是氣質不凡。

我等了又等，但沒有看着就瞓了，是在小客棧的房間中，午夜被歸程上的人們興高采烈的談笑聲吵醒，才知道煙花着實燦爛。

我總覺得威尼斯應在一月時去，因為威尼斯應在冬天看，但二月有嘉年華會，未免太搶鏡頭，而三月又太接近春天了。

應該一月去看威尼斯。一月濕冷有霧，而且有

雨，那個季節，威尼斯的淒豔最能表露無遺。

因為威尼斯的魔力是在於她衰敗的繁華，那種六朝金粉沉埋的氣派。那些臨水一幢又一幢的破落宮殿，那些曲巷拱橋，那些縱橫交錯的狹窄水道，像收藏着不知多少過去的祕事。

威尼斯是個遲暮的名女人，人們為她着迷，是因為她的傳奇身世，因為她擅長於暗與隱藏，因為人人都聽過，但沒有人看見過她全盛時代的姿容。

威尼斯是個屬於遊客的城市，因為她是個夢幻的城市，而只有過客可以做得起夢。每日在威尼斯生活的人必須實際，他們創造了威尼斯，不斷保存威尼斯的傳奇氣質，好讓別人到來這裏做夢。

不要尋找威尼斯的真面目，她以面具著名，不是沒有原因的。

穹頂

大自然的壯麗，使我們感到人類的渺小；宏偉的建築物，了解到要克服多少困難才能建成，會使我們為人類的堅持感到自豪。埃及的金字塔，如果不是因為建造的過程及方法成謎，就只不過是一堆頹石。

我曾兩度遊歷佛羅倫斯的名勝聖瑪利亞座堂，明信片上，座堂的穹頂雄據全城，是這座名城的標誌。但要真正領略到穹頂的偉大，還是在看了 Ross King 著作的 *Brunelleschi's Dome* 之後。布魯尼里奇，就是那位憑着鍥而不捨的精神，建成了這個全世界最大而又最線條優美的穹頂建築師。

這項工程絕不簡單。中古的佛羅倫斯已是歐洲的大城市，人口與倫敦並駕齊驅，擴大規模重修座堂，就是為了顯揚它的重要地位。由奠下第一塊基石的一二九六年秋，到布魯尼里奇贏了公開比賽，奪得建造座堂的八角尖形穹頂的一四一八年，已足足建了一百二十年有奇。穹頂圓周四十三米，高一百零三米，設計早在多年前經全城公投決定。問題是如何能在不用臨時支架承托的條件下安全牢固地建成。這本書告訴你這位半途出家而又急躁好勝的金匠，遇到怎樣的難題，又怎樣一一把難題解決。讀罷你才知道，無論穹頂外觀多麼出類拔萃，原來更令人驚歎的是鬼斧神工的內在結構。

急功近利的現代大都會，除了以最快的方法蓋成的霸道樓房之外，也有五百年後仍令人心折的歷史創作嗎？

翡冷翠織造廠

五月初，為參加老朋友長女的婚禮到了一趟意大利，五月的托斯卡納，當然是春光明媚，而翡冷翠的文藝復興輝煌藝術成就，更令人目不暇給，但我最懸念要尋訪的，卻是一家絲綢織造廠。據聞，這家織造廠，至今仍是沿用十八世紀的手織機。

幾經查訪，一個早上，我終於找到了在工業區的一條深巷裏的一座清幽院落，但外面並無標誌，從關上的鐵閘內望，不見有人。鼓起勇氣按門鈴，一會，有女士自屋內出來應門，原來的確就是這家。啟閘內進，院內幾家房舍，其中主要大宅，典雅闊落，光線舒和，沒有半點商業氣味，更別説工場的嘈雜了。進了大宅，屋裏另外有人接待，領我到陳列室參觀他們的各類產品。

我一下子已是看傻了眼，因為一架子一架子上陳列的，都是在歷史名畫中看熟了的織造花紋，那種華貴而柔和的光彩色澤，難以形容。近看觀摩，更令人驚歎這些絲織肌理構造的細密和複雜設計，在不同的光線和角度觀看，會出現不同的效果和色彩。

這家織造廠現時的產品，以家居裝修所用的料子為主，只有少數的塔夫綢是衣料，但即便這種絲綢，也是色澤特別，而且輕若雲霞，充分表現了絲的特有優點。據接待人所解釋，織造廠原是文藝復興時代一位貴族所創辦，他集合了當代的最好的絲織工人，設立工場，令他們織造當時貴族人家華貴衣裳及家居陳設所需的絲織品。這些奢華的人們，每有嬰兒出生，就叫織造廠為他設計一種獨特的花紋，以他命名，為他終身專用，身後才能為他人紡製。織造廠在一七八六年遷於現址，到現在仍是沿用十八世紀的手織機，每年生產量非常有限。這類產品，根本不能大量生產。

蠶絲，本來是中國古代一大發明，可惜現時中國絲綢走上了大量生產的路線，傳統精品，碩果僅存，而且每下愈況，令人惋惜。回來腦中仍然不住浮現，在翡冷翠織造廠的兩幅絲綢，一幅是十六世紀英國王后衣裙織錦的複製品，淡金地上織着牙白淡綠花卉，另一幅是新製的塔夫綢，玫瑰紅泛橙色，輕盈得吹一口氣也會凌空飄去。

鄉居日誌

數起來，竟是前年的事了，朋友的一家有意在意大利托斯卡納 (Tuscany) 鄉間租下農舍小住，他說，五月天氣溫和，托斯卡納田野風光如畫，問我有沒有興趣一同共度悠閑時光。就這樣，經過一番安排，今年終於成事。

那所農舍位在一條叫蒙地斯 (Montisi) 的村莊外，房子最早部分在十七世紀建成，周圍是一片橄欖園。十多年前，房子空置了一段日子，後來由幾個英美文化界的人買下，變成他們度假的去處，不用的時候，就租給朋友度假。

蒙地斯最接近的城市是佛羅倫斯和西愛那 (Siena)，但為了方便，我在羅馬下機與朋友會合。

羅馬在南，到蒙地斯去要大概三小時的車程，大部分時間是緩漸上山。托斯卡納一帶地勢頗高，丘陵起伏，土地肥沃，連綿盡是耕地。

我抵達那天，羅馬從早便開始下雨，但車子才駛入托斯卡納省界，天色忽然就變晴朗了。這個季節，正是薺麥青青，春風過處，大地像一塊柔軟的翠綠絲緞在風中抖動，不時夾雜了星星點點猩紅的罌粟花，悅目極了。

蒙地斯村築在一個小山頭上，房子差不多全部都是以附近出產的一種灰黃色巖石及紅磚砌成，密密麻麻地擠在一堆，形成一個堡壘的形狀，從車路上看像一座山城，只見圍牆高塔，進入牆內，才見一條條狹小的街道，兩旁住着人家。

像這樣的山頭小村或城鎮，托斯卡納處處可見。蒙地斯年代湮遠，就從有正式歷史的日期算起，也已有八百多年的歷史了，很多房子從幾百年前建成的時候開始，就一直沒有怎樣改變過。

如今，村裏的人口據說不過三百多人，總共就是一家糕餅麵包店、兩家雜貨鋪子，其中一家還是主要為供應像我們這樣的遊客。即使在清晨和傍晚的活躍時間，蒙地斯也一片寧靜，中午午睡的幾小時，陽光燦爛灑下，這個小村及周圍農地果園，就像一個空城。

五月的清晨

五月雖然仍不算是夏季，但托斯卡納午後的陽光已是相當灼熱，因此，要到甚麼地方遊玩，最好大清早便出門。

這天我們拂曉啟程，打算南下搜索伊特魯里亞人的遠古遺迹。清晨六時，彎彎曲曲的山道籠罩在一片霧中，兩旁的樹林清幽無比，幾十哩路上多見田野林木，少見汽車行人。晨霧有一宗奇妙之處，就是會忽然消散，面前豁然開朗，使人無端興奮起來。

第一站停下來竟是為了麥穗上的露水。經過加斯汀達蘇 (Castel d'Asso) 村鎮附近時，我們驀地看見晨光投在一片麥田上，麥穗上濃密的露珠在晨曦中閃爍，猶如銀光織成的紗網，美得簡直無法形容。

於是都嚷着要稍駐初程了。我們把車子駛入山間小路的一個彎角停好，一路上已注意到兩旁山壁上都是伊特魯里亞人的浮雕，泊好車子，便急不及待地爬上山坡，要看個究竟了。

但山坡上長滿愈看愈多種類的野花，最矚目的是一叢叢高大的鮮黃色金雀花，發出蜜糖似的香氣，然後是粉白淡紅的蔓生小玫瑰，還有深紫紅的豌豆花、一串串小燈籠似的紫藍色小花，粉紅的小喇叭花，花瓣輕弱如米通紙，停在纖秀如絲的花莖上；還有各式各樣的長草，都沾着一顆顆滾圓的露珠，嬌娜不勝的情狀，直看得人如痴如醉。

我都渾忘壁上的古文化遺迹了，涉身在花叢，目不暇給，衣衫為露水滲透。我想，不消多時，陽光再猛烈一些兒，這些露珠都要消失無迹，而這種種花草，不久也跟着萎謝了。我這遊人只能貪婪再三觀看，沒有瓶兒罐兒，可盛載此情此景歸去。

於是知悉那些比如《春天》的名畫，畫中草地上的精巧繁花，不是畫家的技藝，原來還臨摹不到大自然的萬一。是的，這些花草今天還在，明天就要乾枯，被人投到火裏，但所羅門王最榮耀的時候，也不及它們的華美。

享樂主義的文化

遠在羅馬帝國出現之前，在公元前六、七世紀，伊特魯里亞人已在托斯卡納這一帶建立了多個大城市，他們文化發達，遠近通商，甚至統領海域，遺迹至今仍處處可見。

十九世紀的歐洲人，對 Etruscan 文明充滿了憧憬。他們說，羅馬人是理性的化身，長於行政管理，是帝國主義者；但伊特魯里亞人是感性的藝術家，是唯美主義者；熱愛享受生命，除了目前的享受，最關心的就是把今生的享樂，帶到死後的世界裏去。

為此，他們把大量心血，花費在建築墳墓之上。意大利這一帶的凝灰巖石質鬆軟，他們便鑿巖為穴，闢石成室，一如生人的居室那樣有起坐間，有卧室、有枱、椅、牀，有門、窗、樑、柱、門框、柱身。天花板往往雕上花紋，牆上浮雕着日常用具如手杖、水壺、樂器；其中一個墓裏的柱腳，甚至雕了一隻正在伸懶腰的貓。

這些墓室多是合葬的墓，就如世上一家人住在一起。成人的榻前有小牀，人死之後，成人就放在大牀上，小孩子放在小牀上，他們生前喜愛的用品、玩物、珠寶，就散佈在他們的身邊，供他們在另一個世界裏繼續享用。

從他們遺下的文物，可見伊特魯里亞人的工藝和藝術造詣。在羅馬，就在波格西花園 (Villa Borghese) 中的朱利亞別墅（Villa Giulia）博物館裏，可以看到著名的阿波羅像，那是個身材修長的美男子，欣悅而帶挑逗性地微笑着。

另外一座著名的雕刻，是石棺上斜倚軟枕半卧着的一對夫婦。那絕對是一對璧人，絕對生活優越。那女子戴着珠冠，罩袍下微露細褶羅裙，輕靠在男子的懷裏，他們的恩愛，就這樣永永遠遠地留住了。

朱利亞別墅館中有上鎖的密室，收藏着伊特魯里亞人並世無雙的精巧金飾珠寶。他們發明的微粒金顆鑲金法早已失傳，十九世紀時，意大利金匠加斯達蘭尼企圖把它重新研究出來，他的驕人成績，現在也放在這密室之中。站在黑暗中看這些遠古的光輝閃耀，使人感到無限感慨。

死亡的城市

伊特魯里亞人沒有遺留下甚麼文獻，他們刻在墓壁及器物上的片斷文字，至今仍未足以讀通。他們的房子多為木建，早已不存任何痕迹，除了一些古城如 Volterra 還可見他們用巨石砌成的城門、城牆之外，伊特魯里亞當年的文化資料，都要自他們的墳墓中尋索了。

今天，完整的伊特魯里亞人墳墓已所存不多了。我們在加斯汀達蘇路上山壁所見的浮雕，其實就是這些古民廢墓的遺痕。以前這些都是墓室，其後山壁頹倒，墓室的內牆，便暴露在日光之下了。

在加斯汀達蘇所見的是比較簡陋的墳墓，真正重要的墓築在幾個著名的大墳場之中，我們參觀的一個，是在古代伊特魯里亞的大都 Cerveteri。

說是「墳場」根本不足以形容萬一。那是個死亡的城市，極目而望，連綿不絕，都是一座一座的巨墓，有圓形的，有方形的，每座比一般平房還大，並排而立，形成一條一條死亡的街道。

伊特魯里亞的死者並不是深葬地穴之內、黃土之中，這些一座座的墳墓，就像圓的、方的大蛋糕，切去長形的一角，就成了進口甬道，墓室就挖在這「蛋糕」之內，要走進去不過是下一兩級，絕無困難。

在伊特魯里亞的全盛時代，墳場當然是莊嚴的聖地，但隨着這個民族的權力衰敗，盜墳的活動也變得無法遏止了。這些原來滿藏珍貴物品的古墓，早在古代已被盜竊一空，現在遊人在這死亡的空城探索，只能憑想像猜測它們的原來狀況。

而墓頂已成為草地了，暮春草長，繁花也長到墓上來，長春藤的葉子串串垂下，白的雛菊、紅的罌粟、紫藍的燈籠花在微風中輕舞，小蜥蜴花紋精緻靈活地出入於石隙之間；這幅圖畫，寓意太過明顯了，短暫的、永恆的、纖弱的與堅固的，分別原不是如我們所想像那樣。

再南下近海，在 Tarquinia 近郊有著名的墓中壁畫，色彩鮮豔，繪着伊特魯里亞人的行樂圖：樂手吹着雙笛，舞女在橄欖樹下翩翩起舞，主客燕坐持杯閑聊。行樂須及春，只是這些人，這些舞樂，如今在甚麼地方呢？

聖母的斗篷

最靠近蒙地斯的兩個大城市是佛羅倫斯和西愛那，佛羅倫斯較遠，也不過一小時半的車程。我們決定先訪西愛那，那裏特別值得欣賞的是市政廳美術館內的壁畫，和建於十四世紀的大教堂。

一踏入西愛那的城門，我們馬上就愛上這個中世紀的名城了。顯然是為了易於防衛，城是築在山頂，四周繞有圍牆，幾個有塔樓的城門，最高的瞭望塔是在市政廳旁邊，守望人居其上日夜看守，平日無事，他的職責是敲出時辰，有敵來犯，便要鳴鐘示警了。

城中心不准行車，我們泊好車子之後，便緩步走往目的地。因為城在山頂，所以街道多是狹而且陡，兩旁房屋以紅

磚建成，仍是保持中古風貌，極有氣氛；店鋪門面典雅，所陳貨品優美而有特色，隨步而行，使人樂而忘倦。

西愛那的城中心是一片形如貝殼的廣場，微微傾側向市政大樓那面。與市政大樓相對的是一座美麗的長方形水池，以白色大理石雕成。據說，廣場獨特的形狀，是喻意聖母瑪利亞的斗篷，張開覆蓋於地，保護着這個城市。西愛那著名的一年一度賽馬慶典，就是在這裏舉行。

市政大樓是三層的建築物，最低一層是石砌，上面兩層是紅磚，有線條優美的歌德式窗戶。大樓內繪着無數令人目眩心折的巨幅壁畫，其中最著名的是《萬聖來朝》耶穌聖母圖，但更有趣的是《德政》與《苛政》兩幅寓言壁畫。

《苛政》不幸因牆壁潮濕而大部分毀壞，但《德政》仍保存得十分完整，色彩華美。一壁，面容慈和的仁君坐在中央，四周有眾美德相陪，另一壁繪着德政的成果，在城裏人們歡欣嫁娶，在鄉間則是農作物大豐收。

我所愛的是壁畫及室內棟樑、牆壁、天花板所用的顏色配搭，那深邃的天藍、柔和的淡紅、朱紅、欖綠、有點睛作用的金漆，和諧悅目極了。我想，大概我的口味比較簡單，像看那黑白雲石相間、雕刻玲瓏的宏偉大教堂，最令我着迷的卻是教堂內高高的拱形天頂，那一片天藍上嵌着一顆顆金色的星星，對我來說，甚至比四壁的藝術名作更加可愛。

翡冷翠

詩人譯名「翡冷翠」，其實更貼近意大利文原名 Firenze，我們慣用的「佛羅倫斯」，倒是英語 Florence 翻譯過來的。

但無論怎樣翻譯，佛羅倫斯或翡冷翠都是個亂得一團糟的城市。髒、吵、熱，電單車在石塊鋪成的街道上飛馳而過，發出刺耳的聲音。在歷史的戰爭上，翡冷翠征服了西愛那，但以今天看，西愛那的優雅風貌完整得多了。

大夥兒大清早趕來翡冷翠，目的只是為逛烏費茲美術館。排隊等候開門，等着等着，讀着藏品目錄，我忽然不想進去了。我不要看《春天》，不要看《維納斯的誕生》，我寧願四處亂闖這個髒透亂透的城市，喝一杯貴得離了譜兒的哥普千奴。

我記得差不多十年前初臨此地時，一天路上經過一個很大的菜市場，市場外的街道上擺滿了賣廉價衣物、皮具、紀念品的小攤架。沿街的小店，大多是食物店，最奇特的是賣各類醃魚的小店鋪，擺着一個個小鐵桶，裏面是粗鹽漬着的小魚。

上次來的時候，時間是安排得那麼好，我們逛遍了最重要的美術博物館名勝，到最著名的飯店嘗過他們的手藝，點了土產最芬芳的美酒；我們選購了意大利製造的細麻衣裳，吃着芝拉多踏過但丁見比亞翠姿的舊橋。所以我們沒有太多時間鑽進菜市場裏。

這次，我只願看菜市場，而半憑記憶，加點第六感覺，竟然讓我尋回這個地方了，情景就與腦海中那幅圖畫

一模一樣。我流連在那些成堆成堆的甜辣椒、青豆、蘑菰、番茄與乳酪水果之間，荒謬地深深感動起來。這時草莓剛熟，整個市場瀰漫着草莓的甜香。

被市場包圍了三面的，是中世紀權傾天下的麥第奇家族建的 San Lorenzo 教堂，與附着的他們家族的私人小教堂和圖書室。為着文化，我提着剛買來的食物進內參觀。

這裏安葬着麥第奇家最顯赫的人，「小」教堂內牆用各種花紋的墨綠、鏽紅、灰黑大石拼成圖案，我沒有看見過更森嚴可怖而令人厭惡的教堂了。

趕忙出來，我再到市場多買一公斤草莓。

甚麼也不做

太多出外使人倦，決定「放假」一天，甚麼也不做，在家享受一下悠閑的農舍生活。

鄉居最合襯的是烤麪包了。到村中的麪包店買來酵母、麪粉、雞蛋，實行自製鄉村麪包。製成兩種，一是加蛋、奶、牛油的香甜辮子包，一是只用橄欖油、清水、鹽和麪粉的家常麪包。

一演身手，馬上聲價百倍，都嚷着不必倚靠意大利的麪包師了。

農舍園地中多果樹，這個季節橄欖、杏、桃皆未是時候，但櫻桃正熟，持竹籃到園中摘下一籃，可作飯後水果。迷迭香在這一帶是野生，屋旁幾叢長得正茂，採一掬放進肉類裏同燒，香氣的確迷人。

倚着幾所房舍而生的各色玫瑰盛放，香氣馥郁，鮮黃的金雀花顏色奪目，草地上長着鳶尾及無數花草，剪下來插滿這一帶出產的赤土陶瓶，放在室內各處頓使農舍添上幾分嫵媚。

衣服洗得雪白，晾到園裏的繩子上去，和風吹來，飄揚有致。人在戶外邊曬太陽邊看書，不多時便瞌睡起來，連在畫冊上寫生的天才，也要放下筆打個盹了。屋裏的貓，隨便找個睡着的人靠着，也沉睡起來。

睡醒精神爽利，五、六時的陽光不再灼熱，到村裏喝上幾杯土製佳釀以增晚飯胃口，又是時候了。此時「兵分兩路」，幾名劉伶直上小酒吧，不是劉伶的我和另一個人繞道散步。

散步最能享受田園之美。橄欖園後的山坡開遍紫紅的花，看不見路，我們就涉着花叢走去。走過紫紅的花草地，走到青綠的麥田邊，麥田邊點點猩紅的是罌粟。推開糾纏不清野玫瑰，爬過鐵絲欄，一直走到山谷底。

山坡腳有小水池，蘆草長得比人還高，水面是細碎的浮萍，青蛙就在浮萍間跳躍。長大之後，耐心蹲在水邊看青蛙，這是頭一次吧？

走到谷底，面前横着差不多乾涸的溪澗。此時同伴效法中古騎士之風度，扳折下樹枝，鋪在泥濘之上，搭成臨時小橋，讓我踏着過去，免得泥土沾污我的鞋子。

其實走了半天，早已一身泥塵了。渡過小溪，再爬上另一個山坡，就接上到村裏去的路了。兩個一身泥的人，隔着山谷遠望來處的農舍，簡直有凱撒越渡盧比孔河那麼自豪。

橄欖園的女主人

蒙地斯有兩三戶原籍英美的人家。最貼近我們的鄰居是露芙・麥衞博士，她原籍美國，在英國大學任教了多年之後，決定放下學術生涯，到這個鄉下地方務農，過着自給自足的日子。

麥衛博士釀酒、養羊、養雞，但最重要的生計是種植橄欖榨油出售。這一帶的橄欖油是世界馳名的，而麥衛博士的出產又品質特佳，一度曾經在倫敦的名店如霍南梅森銷售，後來卻不知為甚麼沒有賣了。

那天，我們蒐集齊全屋的瓶子，到她的田莊去買油。

上午的陽光仍是相當和煦，田莊的房舍和院子靜悄悄地，只有公雞在地裏一邊啄食，一邊咕咕地響，一盆鮮紅的天竺葵開得如火如荼。我們等了半天，才見麥衛博士和她的助手出現，她是個瘦長個子，短短的金髮，說話十分溫文。

她問明來意，就把我們帶到一旁的一間石屋裏，屋裏十分陰涼，橄欖油盛在包着稻草的薄荷綠大玻璃甑內。她一面着助手給我們倒油，一面解釋這橄欖油是不加熱壓榨的，所以特別清甜。

她不再供應倫敦，正是為了保持品質，而要保持品質，經濟又不化算了。原因是要自己分瓶、加蓋、包裝、運輸，以她的小額出產，成本會很貴，但如果整甑輸出，到目的地才包裝，她又擔心批發商會加熱，以加速分瓶的過程，這就會破壞油的質素。

冷壓的橄欖油，色澤是帶青綠的黃金色，即使直接跟麥衛博士買，也絕不便宜。

不過，正如這位橄欖園的女主人所説，很多很多的橄欖，只能榨成很少很少的油，而且種植橄欖樹並不是容易的工作，除了每年要修剪之外，還要經常除草和翻鬆土壤，偌大的橄欖園，不知要花上她多少工夫。務農的生活，怕不是如樂園一樣吧？

但這橄欖油絕對是奇妙的，拌蔬菜、拌意大利麪、烹製任何菜式，甚至只是和鹽灑在麪包上，也有點鐵成金的功效。我們狂吃着這油，不勞而獲，覺得幸福極了。

終站羅馬

在農舍最後的晚上，大家忙碌異常，各為歸程作出準備。

第二天，七個一同度假的人分開三路出發，騎單車到遠處接駁火車的一人，駛車到法國南部的兩人，我和另外三人則到羅馬轉乘客機，但只有我一個人家在香港，星期六沒有直航香港的班機，於是便在羅馬多耽一天。

蒙地斯一周之後，羅馬竟是回復日常生活的中途站了。並沒有打算遊覽，只是近黃昏的時間，走到西班牙石階附近逛了一圈。遊人如鯽，街道丟滿垃圾如故。本來打算買點甚麼的，但終究找不到可買之物。

遊客區真是羅馬最不可愛的一面。

但羅馬到底是羅馬，宏偉之美，到處可見。令人印象深刻的還不是哪一處名勝古迹，而是它的高牆，和在高牆後聳立的鬱鬱青松。如果羅馬宏偉的建築物不是有那麼高闊的門洞，如果不是那些透過門洞、高牆也擋不住的青松與藍天白雲，那些清冷的水泉滑石，羅馬必然是個令人煩厭的石雕工場。

比如到境那日所見，細雨中的朱利亞別墅，就把羅馬浪漫迷人的一面，發揮得淋漓盡致。

那日我大清早來，遊人還十分稀少，波格西花園清幽極了。這座別墅原為行樂之用而蓋，沒打算過成為甚麼人的住所。庭院裏照例種着蒼松，幾進庭院之後，最深處有個下陷的花園，乳白雲石造成，地上嵌着拼花圖畫，四壁有小水泉，長春藤大片垂下，在雨中更有遠離塵俗的意境。

本來都是些淫逸之場，不堪追究的，但眼前就是這樣嫵媚。我反而不喜歡梵帝崗，擠塞在人羣當中，走過一條又一條佈滿塑像及織畫掛氈，一個又一個掛滿歷史名畫的房間，我感到窒息而厭煩。在藝術方面，我的確是個不堪造就的刁蠻學生。

然而，坐在小旅館裏，星期日的早上黃昏，聽着遠近的教堂鐘聲，羅馬的宗教與俗世和諧起來，我心漸感釋然，踏上歸途，正是時候了。

聽經

今次到托斯卡納旅遊，有個很值得介紹的經驗，就是到離西愛那不遠的聖安狄姆寺（Abbey of Saint Antimo）聽修士用拉丁文唱經。這一帶是意大利名酒 Brunello 的產區，修院在一個叫蒙塔希諾（Montalcino）的地區，山巒環境，幽谷延綿種植着橄欖和葡萄，自古以來就是清修之地。唱經的教堂是十二世紀的古樸建築，沉雄肅穆的格里高利聖詠 (Gregorian Chant) 經文，有如高僧的梵唱，令人洗滌心靈。

修院原屬本篤會修院，現時在此住修的修士為 Canons Regular，宗旨不是隱修而是在社區行善，並且每天多次按時頌經，容許公眾往聽。我們那天聽的是十二時四十五分的頌經。按照天主教傳統禱告儀式，一天分為九時，由晨曦至深夜，每三小時頌經一次，修士按時集於修院的教堂，面對面分座而頌經，隱修會的頌經不向外開放，但聖安狄姆寺的正規修士卻是歡迎公眾旁聽，但要求旁聽者保持肅靜莊嚴，不可拍照及喧嘩。

我們此等凡夫俗子，聽經前先往附近的村市選購美酒，在產地選購，好處是可以嘗試多個酒莊不同年份的產品而後決定，而且酒商會負責運送。聽經之後，心靈清爽，肚子空虛，再往不遠的地中海海濱小鎮 Viareggio 享用豐富的海鮮午餐，可謂身心兩得，一日之遊，充實極了。

貝蒙第山莊

如果你要避世靜思數天而不一定要過苦修生活的話；如果你要避世樓依山臨海，既有林花幽徑，鳥語蟲鳴，又要碧波千頃，無極星空，還要舊石古樓，王公府第的話；你不妨一訪貝蒙第山莊。Palazzo Belmonte 位於意大利南部 Santa Maria di Castellabate，是貝蒙地王子（Principe di Belmonte）二百五十多年的祖業，原為狩獵山莊，現今十三世王子將山莊建為別墅酒店，但自己仍住在正院一翼。

四畝園林，二十來套房間分佈於幾幢隱現於樹木之間的樓房，依然保留了私家莊院的味道。山莊連指標也沒有，更別說招牌。車路蜿蜒至嚴侷的閘門，門開處是碎石路，古木參天，夾竹桃和香草叢叢夾道，正院高大的門樓，當地伏着一頭全身毛色雪白的大狗。

我不知朋友怎樣輾轉找到這個地方，老早作好安排，我只知道難得放下世務，就要好好珍惜享受光陰。

抵埗已黃昏，自我的小樓出來，站在花徑頂向海濱眺望，剛好見橙紅的太陽，自綻藍的天空，緩緩沉入墨藍的大海。此間沒有米芝蓮星級食肆，但清晨在一片鳥語中醒來，在清新的空氣中走到泳池畔享用的簡單早餐，比甚麼名廚精心妙製更對胃口。走出山莊大門，不遠已是傍海的小鎮廣場大街，小餐館家鄉風味，海產和麵食，勝在可口與天然。橙甜多汁，當地新摘下的檸檬特別清香，削皮沖成熱飲，何用咖啡因勉強刺激神經？

看書、散步已夠怡神；若要親近古文明，不夠兩小時車程就是 Paestum 的古城遺址，建於公元前六至四世紀之間的三座羅馬神廟，大氣磅礴，讓人看到，大美在於骨幹，在於適度，在於雍容自若，二千五百多年的寒風烈日，磨損的只是浮華。老導遊告訴我們：希臘文明給世人最重要的遺產是 elegance：優雅的風範。

遊倦，中夜雨聲淅瀝，醒來但見空氣蒼茫，雲層重疊，波濤怒湧，神為之奪，悄然立於林下，但感與天地為一。我素來愛雨，此際更是銷魂。

卡普里的日與夜

如果你有幸到卡普里（Capri）旅遊，那你一定要在島上過夜。我們早一天午間從索倫托（Sorrento）乘氣墊船到卡普里，碼頭上有非常「有型」的開篷布帳頂的士，接送我們到半山臨海的假日酒店。吃過午餐，搭穿梭小巴到山腰的小鎮中心廣場，領略一下島上風情，一下子就為精緻的各式小商店吸引，陷入瘋狂購物的深淵。島上有與本人同齡的土產香水店，以檸檬和茉莉為主調，包裝討好，當然要放手幫襯了。日影西斜，返回住處，在陽台上呼喚侍從送上茶點，也不吃晚飯，就各自回房間休息，蓄精養銳，因為說好了明天一早出發，要上上卡普里訪著名的傳奇建築物聖米基里別墅和花園。詹氏伉儷和蕭教授打算坐吊車攀上最高峯。本人則攜備小說，在起點的茶座享受悠閑，等候勇士凱旋歸來。

清早醒來，推開長窗，步出露台，晨光熹微，大海波平如鏡，花貓在椅上舐洗手掌，意態安詳。大夥兒精神飽滿，回到鎮上的廣場找了一家露天茶座吃早餐，原來這家是法國茶室，不但咖啡香濃，且牛角包和牛油麵包色、香、味俱全，令人只恨沒有多長一個胃。從廣場乘公共汽車到上卡普里，只需十五分鐘，下了車，穿過一條山蔭小道，就是聖米基里別墅，夾道又是誘人的商店林立。

幸好我們心急要一睹名廬風采，不為所動。

花園和別墅，果然名不虛傳，羅馬古建築的風格，卻是十九世紀末的歐洲玲瓏線條，花園不愧是瑞典國家打理，連廁所也是一塵不染。有多處臨崖遠眺的景點，海光山色，一望

無涯。觀賞過名盧，不知如何，竟放棄了攀山的念頭，改為回酒店約船夫環島遨遊了。卡普里島全島是一堆嶙峭巨石，垂直插入海中，詭奇的巖洞無數，除了最著名的藍色巖洞之外，還有珊瑚巖洞、香檳巖洞等等，從海上望上峭壁，才領略到島名原意是「山羊之島」的因由：只有山羊才在壁上卧立自如。這天海風清而海浪平，清風拂衣，舒泰之極。遊罷剛好黃昏，沐浴更衣，回到廣場上，覓得一家小館子晚飯。是晚正值青口肥嫩，以黑椒烚之，紅酒是土釀，誰曰衝撞？鮮檸汁意粉，以素勝葷。飯後沿着海濱散步消食，滄海月明，波光粼粼，這就是日間遊客享受不到的美好時刻。

卡普里風情

一直以為卡普里是富豪的度假村，到埗才知它別有歷史幽情。古羅馬提比略帝晚年退居此島，在絕頂建築別墅行樂。雖然別墅早已成為廢堆，但二千年來幽魂不散，仍飄漾於峭壁碧海之間。山上有源自十四世紀的修道院，取其與世隔絕——旅遊，原來只是近世才開始發達起來的事業。

一八七六年，瑞典青年 Axel Munthe 到島上遊玩，當時島上民風純樸，以漁農為業。他攀上卡普里 Anacapri 的山峯，看到崖上已荒蕪的聖米基里教堂，以及零散於泥土中的羅馬碎石，忽然產生了強烈的意念，要在這裏築成他的夢廬。三十年後，他的夢想成真。今天，他的聖米基里別墅已由瑞典國立機構管理，並向公眾開放。清涼的石砌樓房，沿崖建築的眺海長廊，清幽的花園，任人觀賞。古教堂已經他改建為書房和音樂室。昔日的青年，退居於他的夢廬之時，已歷盡金粉紅塵。他是天生的説故事人，所著的 *The Story of San Michele*，徘徊於虛幻與現實之間，教人不住追看下去。

但我卻寧捨濃得化不開的黯恨與幽情，只求輕鬆自在，在卡普里小鎮廣場覓一家露天茶座，喝一杯香滑的咖啡，吃個香甜的牛油麵包，看各式各樣的遊人走過。這裏的小商店多姿多彩，特別哄人花錢，不費幾文的小擺設，價值連城的奇珍異寶，觀之不足，忽然天就晚了，海風薰人醉，此間樂，不思蜀矣。

布拉格之夜

布拉格的中心分成五區：舊廣場、新廣場、猶太區、側區、大堡壘。而自中古以來，舊廣場已是中心的中心。廣場一角是裝着舉世知名的天文鐘的鐘樓，每小時報時，象徵死亡的髑髏就會活動，十二門徒在窗口逐一現身。鐘樓對面是捷克小說家卡夫卡紀念館，和以他的紅顏知己美蓮娜為名的咖啡座。此外，輝煌的巴洛克教堂遙遙相對，專售名產水晶及寶石的商店散佈，遊人熙來攘往，即使在隆冬十二月，即使日間溫度低至零下十度。

我們是趁聖誕假期到此一遊的，許多地方已關門休息，但舊廣場上卻搭起了一行行的小攤子，販賣各式土產兼聖誕裝飾，賣摻香料的滾燙混合紅酒的攤子尤其生意興隆，而沒有糖砂，炒風栗也大受歡迎。最顯眼的是一個大型戲台，就搭在巍峨的聖母院雙尖塔樓的蔭庇之下。

我們在下腳處吃過聖誕大餐，就緩步到廣場西北面的聖尼古拉教堂做子夜禮拜。廣場那時就像一個仙境遊樂場，勾劃出五角星星的燈泡串在黑夜中快樂地閃耀。嘹亮的樂聲響徹，原來戲台上光同白晝，高高擎在柱上的火盆熊熊燒着，正上演着莫札特的歌劇。

走入聖堂，又是一番景象。聖燭瑩然，四壁是油畫聖像、燙金雕刻，一盞極大的水晶燈正中垂下，燦爛通透。教堂內沒有暖氣，我們聽不懂捷克語，然而風琴聖詠並無國界，把信與不信的人都籠罩在平安夜的温馨裏。

聖尼古拉教堂前的聖誕市集

舊城區——聖維特教堂

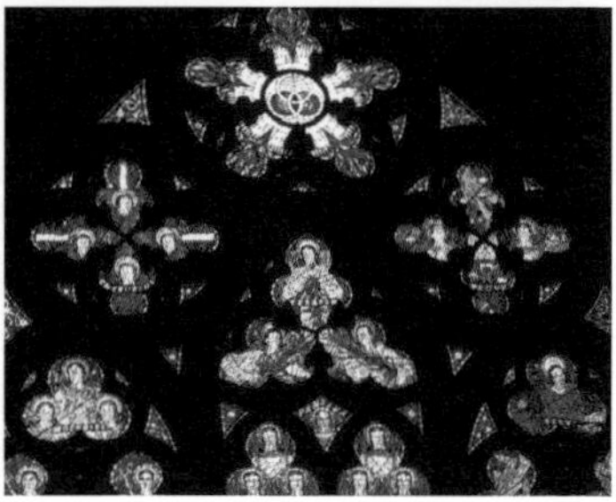

布拉格之冬

誰都知道布拉格迷人，但如果你問我，布拉格有甚麼地方令我最難忘，我會告訴你，是猶太區的新古教堂，和參差沉寂的猶太墳場。

我的旅遊指南告訴我，猶太人在布拉格聚居有超過一千年的歷史，其中充滿了動盪和恐懼的起伏。自十一世紀十字軍東征，散居的猶太人就被趕在一塊，築以高牆，與其他民居分隔，並規限他們以黃衣辨別，方便其他居民隨時侮辱，甚至殺害。直至一八四八年，高牆才被拆掉，猶太人終於得到公民身份。

新古猶太教堂建於一二七零年（「新」是相對於耶路撒冷的聖殿），由於年代古遠，地基比現代建築平面低了一層，看來特別矮小。步下石階，進入的大殿像是地下室，幽暗日光自高窗投入，分作五瓣的拱頂之下，帶黃的四壁蕭條。古銅吊燈、黑鐵欄杆、橡木座位，無不線條簡樸，只有藏經壁龕前垂着壓金線刺繡的帳幔，在一片沉鬱中顯着褪色的華麗。歷史半沉埋，苦難磨不掉一個文化的尊嚴。

猶太墳場據說是十五世紀時開闢，因為範圍受到嚴格限制，只好葬滿一層，又在其上再葬一層，如此竟葬了十二層，不知十幾二十萬人。到訪當天，墳場關閉，透過鐵柵窺望，墓碑亂密傾側，一片默然。

生死皆擠迫，站在今日這迷人的城市，感到文明背後的滄桑，更令人戀棧一切得來不易。

布拉格之橋

伏爾塔瓦河與查理士橋

一向偏愛橋，因為橋下流水，因為兩岸垂柳人家，因為站在橋上，人就宛在水中央。

布拉格最著名的是查理士橋（Karluv Most），連接着舊廣場和側區，橋長一千七百多呎，橋面寬闊，一度可以四輛馬車並馳，現在則是行人區。橋面用石塊鋪成，兩旁一座座石像，紀念跟布拉格特別有淵源的歷史宗教名人。

橋上熱鬧極了——根本熱鬧遠在通往橋的曲折街道已經開始，兩旁食店及販賣紀念品的攤子林立，而橋上賣藝者眾，即席剪影的、擺賣風景花卉人物油畫水彩畫的，演奏三角弦琴的，還有一位紅髮姑娘用清甜的女高音唱着不知甚麼歌劇的詠歎調，教人想起當年在廟街穿着牛仔褲、高屐賣唱的粵曲女伶。

站在橋上眺望，可以看到老遠，伏爾塔瓦河（Vltava River）景色壯麗，不是江南景致，然而河邊的房舍多有靠河平台可供小船停泊，竟然有點威尼斯味道。有人索性闢成咖啡座，讓人一學河上鴨子那樣，享盡悠閑。

過了河，近橋樓處有頗吸引人的餐室，我們乘機見識布拉格傳統名菜：一人點了豬肉伴蒸鬆糕，另一人點了牛肉伴蒸鬆糕，國菜差不多就是這樣了。湯有點油，但味道不俗。

側區有其別具一格的優雅，沿路再上就是大堡壘。我們只略蹓躂一會，依舊踏原橋歸去，空氣清洌，飄飄地飛起雪花來。

歐亞之間

「我看見莫斯科是一個破落戶，到處是風霜侵蝕，日久失修的痕迹。也許，我應該記載這次遊歷所聽來的經濟理論、政治消息，但我感謝的是那一點温情，那使莫斯科比較沒有那麼空洞。」

——〈雨中的莫斯科〉

莫斯科城區

土耳其與俄羅斯

莫斯科
俄羅斯
伊斯坦布爾
土耳其

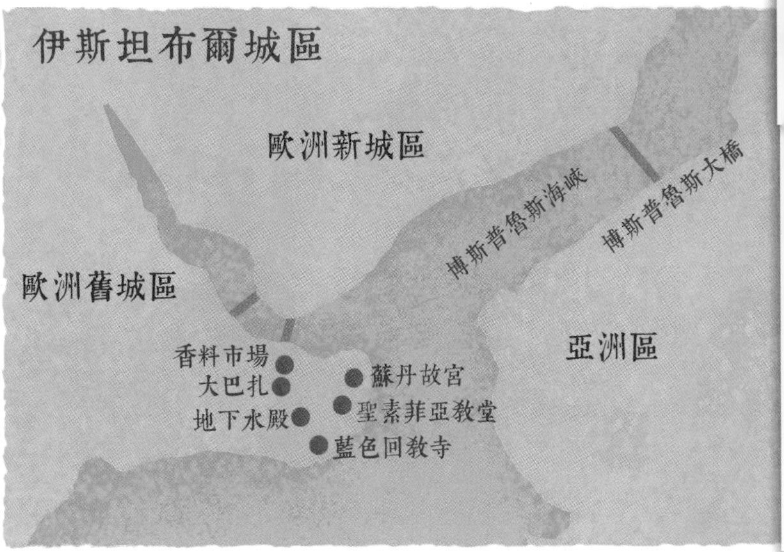
伊斯坦布爾城區
歐洲新城區
博斯普魯斯海峽
博斯普魯斯大橋
歐洲舊城區
亞洲區
香料市場
大巴扎
地下水殿
蘇丹故宮
聖素菲亞教堂
藍色回教寺

雨中的莫斯科

平生第一次到莫斯科，名義上到那裏參加一個國際會議。本來我是一向不喜歡這類會議的，總覺得它們像個冗長的雞尾酒會，儘管去慣的人自得其樂，我這生客卻只會苦不堪言。

那次參加世界傳媒聯會的第十一屆會議，主要是因為會議的地點是在莫斯科。一九九零年的年初，正值蘇聯與東歐社會主義國家風起雲湧之際，以新聞為事業的人，斷不能放過大好機會，親身體驗一下當前的蘇維埃聯邦風味。

何況少年時讀了那麼多俄國小說，為屠格涅夫的男女主角落了那麼多眼淚，現在也是一睹莫斯科真面貌的時候了。

旅途

從香港到莫斯科沒有直接航線，要先到巴黎，然後轉乘蘇聯國營航機 Aeroflot 到莫斯科。從香港到巴黎的旅程十幾小時，從巴黎到莫斯科是四五小時，加上等候接駁的時間，差不多要一整天才能抵達目的地。

後來得知，Aeroflot 差不多是全世界紀錄最差的航空公司，但那時的感覺，只是機內設備簡樸得近乎冷漠，服務人員不苟言笑，此外便不見得與別的客機服務有甚麼不同。當時我想，社會主義國家的民航，自然不會有太多以爭取顧客為目的的額外服務，但到底蘇聯是個在太空科技上領先的國家，倒不必擔心他們客機的性能和機師的技術。

或者這個看法太樂觀，但起碼那次的經驗是一切良好，那個優雅平穩的降落，簡直是無懈可擊。

踏上蘇聯國土第一步的感覺，竟然是有點怪異而緊張，但不一時已被不耐煩所替代。莫斯科機場給我的第一個印象是照明不夠，第二是人多，第三是亂。

一大堆人擠在那裏輪候辦理入境手續，每一隊都慢極了。好容易過了這一關，又要擠前去過海關檢查，每人要填寫一張表格，列明攜帶着多少外幣入境。等到步出機場大堂，前後已花了一整小時。幸好我一貫沒有寄艙行李，省下了等行李的步驟，否則不知要耽誤多久。

到那時實在感激會議的主辦機構派人來接，安排好車輛一直送到會議場地所在的酒店，不然以我這不懂俄語的人，就不知怎辦了。

酒店算是在市區邊緣，離市中心的克里姆林宮不過十來分鐘的車程，但四周就是一片破房子，雖然在莫斯科河畔，卻一點嫵媚景致也無，灰濛濛的一幢高樓，乏味極了。天色已經不好，舟車勞頓之後，看見這個環境，更是興致索然。幸好那時最需要的是洗澡和休息，而水夠熱，房間夠暖，牀鋪整潔舒適，就別無所求了。

荒謬的物價

到埗那天是星期日，會議星期一晚上才正式開幕。早上起來，頭一件事就是視察附近的環境和兑換盧布。

會議主辦人預先囑咐參加者不要多換盧布，但必須多備一元面額的美鈔。果然，我兑換了二十美元盧布，三天內只用掉五分之一，其他全憑美鈔交易。

盧布與美鈔兌換，當時官價是六對一，但黑市價錢一美元可換二十盧布。不過，除非別有門路，否則遊客換來的盧布用途十分有限。

首先，酒店內的餐廳、商店，一律只收美元、英鎊、馬克等可以自由兌換的外幣。標價是用盧布，但付錢卻要用外幣，而且不是以官價兌率。

比方說，一本莫斯科旅遊指南，標價六盧布，照官價等於一美元，但實際上要付出十美元，即是官價兌率的十倍。當然，以折合港幣七十八元的價錢，購買那本印刷精美的指南並不算貴，但這套兌換方法，還是令人感到荒謬。

咖啡是一美元一杯，礦泉水每美元兩瓶，一般來說，酒店內商場的價格，大致不比香港貴，但絕大部分的東西也不比香港便宜，惟一吸引我的，還是那些精裝書籍，特別是詩集和美術畫冊，無論設計、釘裝、紙質、印刷都精緻異常，而且別具風格，本身就是一件藝術品。

酒店內惟一接受盧布的地方是郵局，而且除了郵局之外，別的店鋪無定時常常關門，尤其是食品店，我後來發現，碰上食品店開門做買賣，實在是十分幸運。

外來的人，少不免要略事「進貢」。從酒店到紅場的街車車資原應不超過四五盧布，但我頭一天出外，由懂俄語的會議負責人傳譯交涉，到紅場的車程，索價卻要二十五盧布。據說，這個價錢算不錯的了。

後來發現，這是我惟一的一次「大筆」花盧布。回程上幾經辛苦截停的街車，堅持要用美元付車資。社會主義國家的的士司機，在賺錢本領方面，顯然不比資本主義國家的的士司機遜色。

宮殿裏的貧民

在紅場邊沿正對克里姆林宮處，有座著名的建築物，那是莫斯科最大的百貨商店，簡稱為GUM，即市立中央百貨公司，龐大無比，足有一條街那麼長。更貼切地說，這是莫斯科的第一大超級市集，玻璃圓拱頂籠罩之下，是一列一列無窮無盡的貨攤，陳列擺賣各類不同的貨品，從食物到日用品，從鐘表到鞋帽衣服，從魚子醬、手工藝品到主婦用的抹塵布，了無限制，是遊客必到之地。

GUM，市立的中央百貨商場，原是為炫耀社會主義的物質繁榮而建的，絕非等閑之

處。這座建築物的宏偉、精緻華麗，簡直有如一座宮殿。這裏的地板，牆壁皆以大理石鋪砌，欄杆是扭花鐵枝，拱頂是透明的大玻璃，在大理石牆壁與拱頂交接處是一段粉彩浮雕，以花果、桂葉、絲縧、絲結為圖案，就如瓦滋華特粉彩瓷器雕刻一般典雅秀麗。

然而這座宮殿大部分日久失修，已經殘舊破落，一些地方甚至快要倒塌了，臨時由鐵架木板支撐着，岌岌可危。地板早被人來人往踐踏得中央下陷，水磨階磚原來的花紋只餘淡淡的痕迹。

這裏絕對可以用盧布，而且價格十分低廉，但貨攤架上的貨品少得可憐，都是些最最粗製濫造的劣貨，而耐心地排隊輪候購買的人，多得幾像年宵花市那樣。排隊購物，是蘇聯常見景象，別人告訴我，住在莫斯科的人已算幸運的了，因為這裏的物資已算最豐富。

我步上樓梯，站立在第二層的走廊上，居高臨下，看一羣婦女十分專注地買布。長櫃枱上，兩個服務員一個量着桃紅的棉紗，一個剪着量好了的花布，等着的女顧客面色凝重，周圍沒有人交談，得了貨物的迅速移開，下一位隨即補上，那種景象，教人難忘。

臨街處有一小角大概是剛修理過，樣子煥然一新，淡粉紅的頂部起着雪白的浮雕，纖秀極了，想是本來面目。不過，這一角跟其餘部分沒有兩樣的地方，是架上只有寥寥可數的十來件貨物，最名貴的算是那幾隻捷克出品的刻花水晶瓶子了，但那幾隻瓶子，在偌大的空間裏，更顯得寂寞無聊。

這座百貨商場是莫斯科的一個縮影。這個舊首都裏有的是豪華的大宅、輝煌的宮殿——或者說，曾經是豪華、一度輝煌過的大宅宮殿，但它們所代表的威煌文化，似乎已經消散，無可尋找。

如今莫斯科的婦女沒有好衣裳，菜籃裏沒有新鮮的蔬菜魚肉。別説莫斯科工資是三百盧布一個月，而肉是二十盧布一公斤、蘑菰是八盧布一公斤，事實上菜市場已很久沒有肉類供應了。

其實整個莫斯科，如市立中央百貨商場一樣，根本沒有甚麼東西可買。任何人在行人隧道裏或街角擺張小桌子，拿點甚麼放在上面擺賣，都會吸引一大堆人圍觀，考慮買不買。

紅場景色

市立中央百貨商場面前就是紅色廣場，隔着廣場是克里姆林宮的城牆，及城牆下的列寧墓。這，就是紅色蘇維埃聯邦的權力心臟地帶了。

「紅」，在俄文是「美麗」的意思，克里姆林宮的廣場，並不是為革命才紅起來的。而「克里姆林」的意思則是「圍城」，莫斯科的克里姆林，公元八百年就建在此地了。以前，在圍牆和守望塔之外，還有一道護城河，現在已填密，或改為地下水道了。

四月的莫斯科不算冷，一件大衣、一方領巾盡抵得住紅場上的風了。紅場上遊人不多，大部分聚

紅色廣場
（左：克里姆林宮；中：GUM；右：聖巴索教堂）

在列寧墓前等候。穿着長大衣，戴着大毛帽子的警察來回巡邏，誰不依地上畫的線指示走路，他便用力吹一下哨子作警告。

列寧墓沒有甚麼好看的，我轉到廣場一頭的聖巴索教堂。這座奇異的十六世紀建築物色彩繽紛，室內幾乎每一寸牆都繪着圖畫和圖案，頗有敦煌壁畫的味道，活潑而充滿歡欣，與西方教堂的莊重肅穆迥異。

莫斯科最輝煌的大教堂是在克里姆林宮內，一共五座，它們高聳的金頂，高高越出城牆之上，從遠處眺望克里姆林宮，最吸引人注意的就是這十多個高矮不同，疏密有致的金頂塔樓，在太陽下燦然閃耀。

這五座大教堂聚集之地稱為「大教堂廣場」，肯定是莫斯科最優美的地點。站在廣場中心，眼光不期然向上望，超脱塵俗之念，油然而生。其中，報喜大教堂最華麗，總領天神大教堂則是歷代沙王的陵墓，一座座載着沙王家族遺骨的石棺，就排列在教堂的地上。

每一座教堂裏都滿滿掛着十五、六世紀的聖像，那是藝術史上的無價之寶，精緻瑰麗，無與倫比，令人深深體會到俄國歷史文化的豐富。

兵械宮的地庫裏有個鑽石基金寶庫，展覽着無數大大小小的未割切鑽石，及歷代沙皇及皇后的纍纍珠寶鑽飾。我無法把這個過去，與目前街頭的現實聯想起來。

天安門的影子

天安門的影子遠達至莫斯科。到來這裏開會，頭一天就在英語的《莫斯科新聞》上，看到以下的一段評論：

「中國早在一九七八年踏上了革新的道路，比我們早了大概十年。他們由經濟改革着手，在短期內，特別在農村內，得到了明顯的成果。但在政治生活方面，改變卻是慢得多了。最後，中國經濟與政治潛能之間的差距，超越了危險界線。結果是一場大爆炸。當權者開出坦克，作為無可推翻的『論據』。」

作者指出，天安門事件的結果是中國走上回頭路。他繼續說：

「在蘇聯，改革自政治方面開始。經濟卻漸漸墮後。情況是愈來愈壞了。逆差、通脹嚴重打擊消費市場；策劃、科技、勞工方面的紀律愈來愈差，到處出現物質短缺，人民感到不滿，結果是在中國發生的事，在我們眼前出現：經濟與政治兩個層面之間出現危險的距離，使社會日益情緒緊張。這種緊張情緒，在民族分歧上反映出來。僥倖地，坦克尚未開上紅場，然而，裝甲車已經開始在其他城市出現……」

作者以李鵬即將訪問莫斯科為題，說出很多蘇聯人心中的話：政治改革，若不能帶來人民生活的改善，再多再大也是枉然。光鼓勵政治開放而經濟跟不上，只會造成不滿、帶來分裂，到時問戈巴卓夫怎樣避免步天安門的後塵？戈氏見李鵬，哥兒倆好好交換意見吧！

莫斯科最受讚賞的《火把》雜誌，刊出了一幅冷對坦克車隊的得獎照；同期，總編輯將一羣老將軍憤怒指這份雜誌「違反國家利益」的來函照登。開放必然帶來更高的期望，問題是，戈巴卓夫會不會比李鵬更具本領。

新思維下的老問題

會議的主題是「東西方的溝通與合作」，但到來莫斯科參加會議的人，最感興趣的卻是開放政策之下蘇聯當前的問題，而應邀出席演講的蘇聯官員、戈巴卓夫的親信顧問，亦利用機會，大肆宣傳他們的新思維、新理想、新世界觀。

大會的演詞，幾乎每一篇都不住提及 Glasnost、Perestroika 兩個名詞，前者指戈巴卓夫上台後的開放政策，後者指的是社會改革路線。

「新紀元快要來臨了」、「舊的藩籬一道道打破……」、「新的民主、團結、務實主義……」、「新的國際主義，全球性的多方面合作……」、「舊的意識型態已不行了……」、「歐洲就像一座我們共同居住的大房子……」類似的言詞，重複又重複，很快變成陳腔濫調了。

說來說去，同時的數國語言傳譯，彷彿都是不着邊際。雖然各國大有身份的來賓很多，包括不少過氣的政府首長、失去了王位的歐洲各國王子大公，而各人面色莊嚴，我想，再在會場呆下去，我就永遠無法看到莫斯科或蘇聯的面貌了。

在家時，中英文說得通，就算不俗了，但是到了蘇聯而不懂俄文，又怎樣着手體察民情呢？那時，我不是不徬徨的。

幸好飯桌上認識了匈牙利來的女記者馬利亞，她的英語不太靈光，但由於特別好心腸，還是耐心同我交談，知道我的困難，馬上就起來幫忙，介紹我認識說英語的當地記者。她常來莫斯科，跟諾華斯第社的記者熟極了。

會議室長廊外，馬利亞為我介紹了阿歷西和舒爾基，兩人都是三十上下的新一代。阿歷西是鬈髮的瘦長個子，一派玩世不恭的神態，舒爾基圓臉短髮，神色十分認真。

我開門見山，問他們蘇聯算是窮呢，還是富有？算落後還是先進？為甚麼他們的太空軍事科技達到世界頂尖，但人民的日常生活那麼匱乏？戈巴卓夫的新思維，是否會為他們帶來一個全面的「文藝復興」？我在街上看到的種種矛盾，究竟是怎麼的一回事？

「你要知道這個？」阿歷西說，「我可以告訴你。我私人的看法，你明白嗎？是私人看法。塔斯社，那是官方的喉舌，但我們不是，有時不方便作為官方消息發表的資料，就讓我們放出去，但是我現在跟你說的，不是社方的立場，是我個人的意見。

「我們有言論自由，意思是，我們喜歡談甚麼就談甚麼，但當然有不能發表的東西，你自己要知道甚麼是極限。比方說，社裏原先有一個記者，他專門報道中國的消息，但他發表了一些關於鄧小平的消息，不正確的，他不該說的，他以後都不能到中國採訪了，你說他能怎樣生活下去？所以，開放政策不等於你可以任意發表。

「至於蘇聯經濟狀況，我可以告訴你，我們這裏的人有很多錢，都壓在褥子下面，因為沒有東西可買。比方我，標準工資三百盧布，此外，我可以寫稿子賺稿費，又是幾百幾百盧布，這很容易賺，但更易賺的是替人寫宣傳稿，一篇就是一千盧布。問題不是賺錢，是錢——盧布——買不到東西，除了黑市買賣，但黑市貨就貴得要命。我喜歡錄影片，我買的一個錄影機就要了我六千盧布。」

開放與開飯

阿歷西・布蘭高半瞇着的眼睛裏有太多的嘲諷和挑戰，但他的脣有笑意，一點不像他的拍檔舒爾基那樣，圓圓的臉孔表情十分認真。大概，舒爾基比較年輕。

他問我：「你們外面很欣賞戈巴卓夫？」

我說西方國家把很大希望寄託在他身上，但我不知道他是個真正的改革者還是個尚未露出真面目的大獨裁者。

舒爾基告訴我，在國內，戈巴卓夫得到的評價並不如外邊高：「開放政策是不錯，但他談開放政策談了這些年了，人民究竟得到甚麼好處？我們要的是改善物質生活，吃飯有菜有肉，要汽車、房子、冰箱，Glasnost，開放政策並不能當飯吃。

「然後他談 Perestroika，社會改革；社會改革應該為我們帶來美好的生活了，他們說要搞自由經濟，要開辦股票交易市場，但一年、兩年、三年，我們看不到這些理想付諸實行。我們看南斯拉夫、看波蘭，甚至中國，人家做到的，我們沒理由做不到。不是要馬上做到，只要看得出有迹象改善了，我們就願意耐心等。

「比方波蘭，他們知道，一讓物價浮動，通貨膨脹就會短期內急速上升，但是那只是暫時的，現在不是已漸漸下降了？但戈巴卓夫，我們對他漸漸不耐煩了。」

但是怎樣不耐煩也好，感情上他信任戈巴卓夫，相信他確有誠意為蘇聯帶來好日子。他認為在現階段，蘇聯需要堅強有力的領導，戈巴卓夫是需要有那些大權的。我想到古往今來中外許多要人民把權力交給他們的人，心中很不是味道。

阿歷西問我有沒有到處逛過，我說我看了一些地方，但我不明白我所看的。我不明白為甚麼有那種輝煌藝術文化的國家，人民要擠到百貨商場去買那些粗糙的製成品。

阿歷西側着頭斜看着我，說道：「你要懂得俄國？那不簡單。你有空？現在？那麼我們去吧。」

我們三個人站在路邊，舒爾基伸手出去企圖截的士，但停下來的車子多，願意到我們的目的地的卻久久沒有一輛。

阿歷西不去理睬，他鬈髮在風中飄動，他只顧壓低了聲音跟我說：「蘇聯當前的最大問題是甚麼，你知道嗎？是國家問題。蘇聯不是個帝國，不是像法國、英國，他們是從殖民地吸取利益，我們是供給我們國土邊緣那些國家，他們比我們落後、貧窮。

「對我們來說，對我個人來說，我們得不到好處。他們能說我們的語言，他們到蘇聯來入學、找事做，我們不能說他們的語言，不能到他們那裏做事；這種情況有甚麼好？立陶宛，我個人意見，獨立了就是獨立了。」他嘲諷地笑一笑，打開車門讓我上去，「但是，政府、政府的官員，他們有他們的想法。」

俄國的下午茶

車子行了十多分鐘，到了一個甚麼區我也說不上來，反正莫斯科甚麼區也差不多樣子。那時，毛毛雨已下了好一陣了，街上濕滑泥濘，行人熙來攘往，幾個小小熟食攤子散發着熱氣，面前照例堆滿人。

我們走進一座淡黃色的大廈裏，因為阿歷西要回家取一個證件，才能帶我到墳場去。大廈的通道狹窄極了，透着一陣霉味，狹窄的升降機，勉強容得下四個人。

但十九號室的大門修得十分別致，精心地貼了一層黑色花紋人造皮，四周綴着銀色的花朵圖案，當中的防盜眼，就像一顆閃爍的銀星。走廊是那麼狹，天花是那麼低，阿歷西高挑的個子站在門前，門顯得更低小了。

開門的女子白髮如銀，容顏卻十分娟好，一條花布圍裙，道出了她主婦的身份。

「媽媽，」阿歷西介紹我，「這是梅格烈特。」

布蘭高太太一面用俄文埋怨兒子，大概說自己蓬頭垢面有失禮貌之類，一面笑着跟我握手。我想，這位太太，絕不可能是沒有見過世面的鄉下婆婆，她臉上溫和神色，別具雍容。

房子很小，但一塵不染。客廳是典型的歐洲佈置，挨着四壁是一張長沙發，一個玻璃門的高身杯櫃，另外一個長形的矮櫃，廳中心是一張圓桌、幾把椅子，桌面蓋着我很小時在家裏見慣的，那種垂着纓絡的大紅天鵝絨桌布。大窗外天色灰濛濛，透明紗的窗簾美化了窗外的風景。

「你聽甚麼音樂？」阿歷西問我。他那副小小的音響放在矮几上，擴聲器和盛錄音帶的架子貼牆掛着。

一面聽音樂，阿歷西一面端出一個盒子來，讓我們看他父親收集的俄國古錢。那些大大小小、輕重不一的錢幣，似乎在細說俄國的歷代興衰。幾個小如指甲、薄薄的銀幣，上面刻着精緻的花紋，那是十一世紀的銀幣，更早時的盧布原來是很大的。「盧布」，原來是「剪開」的意思，古代希臘人，把盧布剪開使用。

布蘭高太太端出茶點來已換了衣裳，頭髮攏起成低髻，圓圓的臂胳露在短袖子外。茶點是香濃的土耳其咖啡，一個用鮮檸檬做成酸酸甜甜餡子的鬆餅，一盤小個子的甜麪包，香氣撲鼻的餡子，竟是當地的蘑菰和中國木耳混合剁做成的。原來她以很便宜的價錢買得了一大包木耳，這是新試驗的成果。

一邊喝咖啡，舒爾基和布蘭高太太就大談起政治來了，一同指指點點地議論不知甚麼書籍。阿歷西讓我看他珍藏的一盒錄影帶，那是關於十一世紀，俄國人在亞歷山大王領導之下，抵抗德國人及韃靼人入侵的故事，影片攝製於一九三八年。

「每一代，俄國人都要抵抗外來的侵略者，拿破崙、希特拉，一代又一代。」阿歷西說。

在他母親房間裏的書桌上，有一個原大的及肩銅像。「我父親，」阿歷西說，「他是個偉大的新聞記者。我的母親是他第五位妻子，她原是依沙多拉・鄧肯派的芭蕾舞孃。」

我沉默了半晌，問他對共產主義的看法。

「我不是共產主義者，這夠了吧？」他說，「來，讓我們到墳場看看父親去。」

歷史的安葬地

從阿歷西的家到墳場我們乘搭地車。莫斯科的地車站十分寬敞豪華，全部白色大理石砌，不知像宮殿還是陵墓。

舒爾基趕回通訊社去主持大局，早幾個站下了車，我隨着阿歷西走出車站時，天正下着毛毛雨。我們穿過一個骯髒的小樹林，來到墳場的大門。一路上說着笑話的阿歷西，這時神情肅穆起來了。

「這個不是普通的墳場，」他說，「在這裏，你可以看到俄國的歷史。」

可能因為要有通行證才能進來，墳場內的人並不多。我們穿過一列列的新墳，來到舊墳場這邊。這裏，密密麻麻的墳墓上，矗立放着雕刻着墓中人像墓碑，有些還立着全身像，看樣子都是些頗有來頭的人。契訶夫葬在這裏，《死靈魂》的果戈理葬在這裏。俄國近代詩人、藝術家、近代史上的顯赫人物，很多都葬在這裏。

阿歷西讀着一個一個墓中人的姓名，慢走到一個墳前，那裏矗立着的石柱頂上，有跟我在他母親房間裏見過一模一樣的銅像。墓上一個花瓶，插滿了新摘下來的玫瑰。阿歷西沉默了一會，低聲說了一句甚麼，就移步走了。

「你不熟悉我們近代史，」他說，「這些人對你來說不過是一些名字，但我們到這裏來，心中是充滿了強烈的感情。」

赫魯曉夫的墓在新墳場那邊，巨大的墓碑由一半黑石、一半白石組成。「那是代表他功過參半。他的妻子葬在他旁邊。人們不喜歡他，把他葬在這個地點是因為一下雨這裏就先水浸了。」

新墳墓那邊的將軍、政要，他都不耐煩解釋了。雨開始密起來，我們站在路旁等車子，頭髮、衣服漸漸為雨點濕透。

「你不覺得這國家奇怪？人們拿着錢急着花，但這滿街的車子沒有一輛願意賺這個錢。」

赫魯曉夫墓

但我們終於等到車子回酒店。我弄乾了衣服再下來，那時聽的演講愈來愈乏味了。戈巴卓夫的國際問題專家顧問、蘇聯的副外交部長，滔滔不絕，仍說着甚麼新價值觀、全球合作，我只覺得是一道煙幕，另有一個俄國，或者蘇聯，要用別的法子發現出來。

飯店裏的風波

演講終於聽完了，我們約好一同吃飯。首先到諾華第社的飯堂轉了一圈，略喝一杯。飯堂的菜十分豐盛，訂得到桌子的人，大概不用擔心捱餓。

我們沒有預訂，我們到一家舒爾基相熟的俄國菜餐廳去。才一進門，他就碰到了一羣朋友在那裏慶祝生日，他過去寒暄了幾句，回來吩咐女侍送來一瓶酒，向我們道歉了一番，便拿着酒過去跟朋友應酬了。不一會，我們的菜先來了，頭盤是一客有水果的雜菜沙律，醬料拌得頗見工夫，另外就是一盤嵌着碎果仁煮的冷牛肉，飲料是一大壺酸梅汁似的果汁，此外又點了香檳。「香檳」是匈牙利的產品，阿歷西原本要讓我嘗嘗俄國的香檳（「那是全世界最好的香檳。」他肯定地說），但可惜都賣光了。

舒爾基回來，匆匆吃了他的頭盤，又上了一道菜，那是用乳酪裹着烤的牛柳和薯條，但我已吃不下了。

「你能喝多少伏特加?」我問

「你要知道,」阿歷西嚴肅地看着我說,「我們不是酒鬼。我們不是天天喝伏特加的,只有跟朋友一起高興一番時才會喝。」

「跟朋友一起高興一番時你能喝多少?」

舒爾基說,他的最高紀錄是三瓶半。阿歷西說那不是問題,「但是,我們有個規矩,如果晚上佳人有約,那就絕對不能喝超過一杯。」

說了之後,他就後悔了。我放過他,叫女侍來結賬。這時鬧出了一個小風波,我堅持要請客,他倆堅持沒有叫客人請的道理,我快刀斬亂麻,拿了幾張美鈔出來讓女侍挑,這下子當然馬上贏了。

但舒爾基的臉脹紅了,他問明我給了多少,就發作起來,堅持要那女侍交還出來。我只得拿回其中一張鈔票,逃也似的走了出來,心裏十分後悔,因為我教舒爾基為他的同胞感到羞慚了。我急急地道歉,阿歷西笑起來:「那不是你的錯,瑪芝,你看那邊,那就是著名的克里姆林宮上空的紅星了。」

文化部長的窗戶

原來我們很近克里姆林宮。我曉得這些守望塔頂的紅星，遠遠望去如一塊星形的紅寶石，但其實是重達數噸玻璃和精鋼合成的。

夜是那麼温和，我要求大家散散步。「好的，」舒爾基説，「不過以後不要拿美鈔給人了。」我口是心非的疊聲答應。

克里姆林宮的守望塔

我們從莫斯科大圖書館旁的大街往上走，心情都舒暢起來。阿歷西説：「我給你翻譯一首詩，我做的。」

我説好，他就唸起來了。一首很短的詩，充滿了落寞的意味，他的英語翻譯很有節奏。

「現在，我唸一首關於死在阿富汗戰場上的士兵的詩，先用俄文，然後再翻譯。」

他唸了，長街上就我們三人，就他一個的聲音。「下一首，是關於海明威的。」我抗議，我討厭海明威。「很短的，」阿歷西說，然後不管我抗議不抗議，馬上唸起來。「你看，我們在阿爾伯街。這條街是仿古重建的，日間，這裏很熱鬧，有畫家擺攤子為人畫像，有詩人朗誦自己的詩。我不是那種詩人，我的詩只是給自己聽的。」

我很慶幸那時是晚上。

「這幢房子是文化部。有一天，我上來找文化部長談。他在會客，我站在一間小房間的窗前看街等他。窗外的街上，有一個人高聲朗誦他反共的詩。我聽着，那文化部長就出來了，他聽了半晌，說道：『這就是民主。』就轉身與我進去。他是個不錯的人。」

街道上兩旁的房子都是十九世紀俄國上等人家的住宅風格，街燈是扭花黑鐵的，間中有行人來往，晚上十時的天色仍是朦朧的微亮。忽然，遠處轟隆一響，天閃亮起來，正錯愕間，又是一響、一亮，但這次看到了，不是雷聲，是煙花，一朵朵連接着升起。

「太空人升空紀念日！」我忽然記起早上有人說過，大家都在忖測在甚麼地方有紀念慶典，原來就在這附近。

「快，」舒爾基說，「讓我們趕過去。」

廣場上的煙花

跑了一陣，我們都停下腳步來，因為已看得很清楚了，自遠處的廣場上，一朵又一朵的煙花不住竄上半空，光芒萬丈地散開，輕盈墜下，紅的、綠的、金的、銀的。

我不喜歡煙花，但這樣驀地相遇，又有幾分歡喜。

「一九六一年四月十二日，蘇聯把第一個人類送上太空，二十九年前了。」阿歷西喃喃地說。我忽然記起衣袋裏有照相機，急忙掏出來交給他，說道：「可以給我攝一幅這個煙花嗎？」

他把手上的香煙交給舒爾基，接過照相機來：「為甚麼不可以？你或者不知道，我是真正的大行家。」

我們屏息靜氣地等大行家一演身手，但良久良久，天邊了無動靜。煙花剛放完了。我們忍不住哈哈大笑起來，我說我得回去了。他們堅持送我回去，於是，三人又站在路邊等車子了。

而這該死的雨，這時又開始下了，密密麻麻，愈下愈大，車子一輛一輛地疾馳而過，沒有願意載我們的。我笑起來，莫斯科，莫非就是雨中等車子來載？

我們躲到候車間的篷蓋下，我哼起小調來，阿歷西說：「你竟唱起歌來了？」我說：「為甚麼不？太有趣了，你不覺得有趣嗎？」

車來的時候，我們又濕透了，頭髮貼在額上，雨水直流到領子裏去。

車子停在酒店的對面街。「他不便駛進去，你明白嗎？」阿歷西温柔地說。他拿起我的手，送到唇邊親吻，「不要道別，說『明天見。』」

我說：「明天見。」就在雨中奔過去了。但是，第二天我隨大隊觀光去了，以後再沒有見面。

那天，我們被安排到著名的大飯店午飯，我們參觀了克里姆林宮的權力中心，我們買了繪花木玩偶和魚子醬；我們看到了新開的麥當奴漢堡包店外的人龍。「這是蘇聯式快餐，」導遊幽默地說，「輪候兩小時買一個漢堡包。」大凡遊客應看的，我們都看了。

在我的印象中，莫斯科不是一個美麗的城市，也許這是我運氣不好，老是碰着陰天雨天；舒爾基說，列寧格勒雨中看最美，但莫斯科最宜在陽光中看。我不知道他說得對不對，我看見莫斯科是一個破落戶，到處是風霜侵蝕，日久失修的痕迹。也許，我應該記載這次遊歷所聽來的經濟理論、政治消息，但我感謝的是那一點温情，那使莫斯科比較沒有那麼空洞。

念莫斯科

小王子說得好，某顆星上有一個朋友，整個天空都會因他而充滿笑聲。蘇聯的三日政變，就是因為莫斯科的一些朋友，使我感到特別真切關注。

說是朋友，其實也只是萍水相逢，只不過是去年三月到莫斯科出席一個國際會議時認識的記者，然而，時勢的獨特，地域的不凡，再加上俄羅斯人本是個感情濃烈的民族，所以雖然是初識，竟也有說不完的話題。

那時，他們告訴我，蘇聯的人民，並不如外頭的人那麼擁護戈巴卓夫，事實上，他們對戈巴卓夫已開始失去耐性，因為他不停大談開放、改革，但人民的生活卻仍然不見改善，物質依然缺乏，眼見中國大陸十年經濟開放的成績，眼見波蘭也正在自苦難中站立起來，他們心中的不滿，已不能不宣諸言表了。他們一部分人渴望厲行耶爾辛那種更徹底的大刀闊斧的改革，另一部分人則懷念過去，因為在專制的封閉經濟政策之下，他們起碼多點安全感，不必擔心明天不知會發甚麼變故。

那時，他們——至少我那些朋友——到底還是相信戈巴卓夫的誠意的，他們承認他的溫和路線基本沒錯。不料言猶在耳，變故就發生了。在這一年多內，他們的支持有沒有轉移，意見有沒有改變，我實在很想知道。

清楚知道的是，他們，我這些朋友，都是十分愛護自己國家民族的人，有很多逼切的期望和遠大的理想，他們了解民間，他們明白蘇聯政局的危機，每一次聽到關於蘇聯的消息，我都想起他們對我說過的話。

那年三月，他們熱情地冒雨帶我四處看莫斯科，帶我回家，讓我吃到母親親自製造的茶點，讓我認識俄羅斯的過去，了解他們的抑鬱與渴望，令我深為感動，令莫斯科在我心目中成為一個有情的地方。我回來之後，為他們寫了〈雨中的莫斯科〉，並以篇名作為結集的書名，我懷念他們，及他們的莫斯科。

後記的後記

原來一九九零年春初訪，是我見蘇維埃聯邦的莫斯科的最後一面。翌年年底，蘇聯解體，經濟開放的俄國富有起來，俄國人成為國際消費大豪客。〈雨中的莫斯科〉的苦貧無蹤無影，今日的 GUM 媲美任何國際大都會的華麗百貨商場，但政治黑暗如故。這都是書上網上得來的消息，我再沒有重訪，腦海裏，仍是那個充滿記憶混合渴望的莫斯科。

二零一五年十二月

伊斯坦布爾

自從一九九九年土耳其大地震之後，就決心盡快找機會到伊斯坦布爾一遊，今夏終於還了心願了。

伊斯坦布爾足踏歐、亞兩洲，歐洲和亞洲兩個部分隔着博斯普魯斯海峽，是世上惟一跨越兩大洲的城市。古希臘人早在公元前七世紀就在此建都，稱為拜占庭，公元四世紀，君士坦丁大帝大加擴建，成為羅馬帝國東都君士坦丁堡。其後羅馬帝國分裂衰落，東都獨領風騷，成為拜占庭帝國的首都、東正教的聖座、歐亞中西文化薈萃地。這個自古便以繁華、奢侈、享樂名聞於世，誘惑着無數英雄的名城，有「最引人渴欲佔有之城」（the most desired city）之稱，魂牽夢縈，甚至只稱 'the City' 而不名，彷彿除了她之外，誰都不配稱做都城。

最引人渴欲佔有，因此也最防衛森嚴。城的位置真有君臨天下之勢，向海峽歐洲的一邊是峭壁，向陸地的一邊，在七世紀已築起堅厚的城牆，連綿七公里，像一把半張的保護傘，歷史上無數次令侵犯者無功而退。

十三世紀十字軍東征攻陷，造成一場空前浩劫，流血染紅了海水，十字軍大肆搶掠，現今威尼斯在聖馬可廣場炫耀的四隻黃金怒馬，就是在此役奪得。

十五世紀穆密二世蘇丹長驅直入，指為土耳其帝國首都，改稱伊斯坦布爾。羅馬帝國的酒池肉林，從此添上蘇丹後宮佳麗靡靡之音及撩人舞姿，更令人嚮往不已。

後記

友人自地震驚魂稍定的伊斯坦布爾歸來，帶給我一張美麗的古舊地氈。查閱參考書籍，赫然發現，此氈不是土耳其氈，而是俄國革命前在高加索 Kuba 城織造。我到了伊斯坦布爾，於是就興致勃勃地要尋訪地氈了。恰好下塌的小旅館旁就有一家地氈店，年輕的店主 Hamit，見識廣博，知道了我們幾名東方女子居然真的有興趣，更樂意把店裏最好的貨品一一拿出來攤開展覽講解。地氈是一門高深學問，涉及歷史、地理、民族、工藝、美術，令人沉迷。有歷史的舊氈，甚少完美，多半需要修補，而修補又是一門專業，因為要儲存舊氈上拆出來的羊毛，才能配得上色澤。

於是Hamit帶我們到他的修補工場，讓我們見識一番，我大為傾倒，反而覺得完美的不及修補過的有人情之美。

後來，Hamit給我找到一張八、九十年舊的土耳其氈，產地烏薩克（Usak），烏薩克在十六世紀前已織造地氈，色澤柔和，花紋秀麗，特別適合歐洲口味。我這一張，作象牙色與珊瑚紅，淡雅之極，最特別的是頂部的角獎花紋，Hamit說，你道是甚麼？原來是由明朝中國傳過來的龍鳳紋，幾番幾何化之後，遂得此狀。這張舊氈結構牢固，有破洞要修補。不妨事，補好了連修補過程拍了照一併寄來，伊斯坦布爾的歷史與文化都織在氈上。

古城的名勝

歷史名城，名勝古迹之多及宏偉，令人觀之不盡，差不多都集中在舊城 Sultanahmet 區。藍色回教寺（Blue Mosque）、聖素非亞教堂（Hagia Sophia）、蘇丹故宮（Topkapi Palace）、地下水殿（Basilica Cistern），互相只隔一箭之遙。

到伊斯坦布爾來的遊客一定不會錯過蘇丹故宮，尤其是後宮內苑（harem），甘心在似火驕陽下輪候整小時分批內進。蘇丹的私人浴室果然全部是大理石砌、純金水龍頭。卧室、靜修室、接見室等處處飾以花瓷磚、寶石、雲母鑲嵌烏木雕花、真絲及羊毛織成巧奪天工的地氈，可憐佳麗深鎖其間，窺窗望見藍天碧海，咫尺天涯，不知是何感受！

對珠寶有興趣的人不妨參觀宮內的藏寶庫：八十六卡重的鑽石、鴿蛋大的綠寶石多不勝數，黃金為牀——沒有一件是女用的首飾！

但古迹之首當推 Hagia Sophia（'Sophia' 的意思是「智慧」）。這座大地震也震不塌的古聖殿已屹立了一千四百多載有餘。初是羅馬大帝建造的天主教堂，君士坦丁堡為土耳其征服後改為回教寺，如今純為供人參觀的古迹博物館，三重身份並列於大殿宏偉無雙的大圓拱頂之下。正門昔日只有帝王方可策馬凱旋而入，千年來青石階已磨出低窪。全盛時佈滿天頂金磚細工鑲嵌裝飾和聖像，早已大半剝落，但所餘數處仍然燦爛奪目，教人目證歷史滄桑。果然是智慧不似凡間。梵蒂崗聖伯多祿大教堂只覺氣燄逼人，洗盡拜占庭鉛華，聖素非亞才是真正的神聖莊嚴。

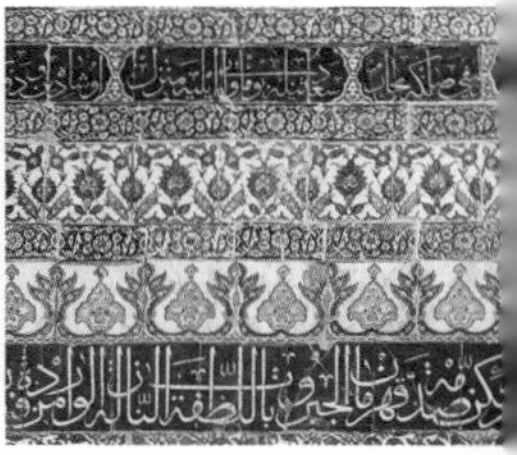

食在土耳其

土耳其飲食不但美味，而且健康。一般習慣，前菜是冷盤小碟，以菜蔬瓜果和他們特產的乳酪為主要作料。主菜有烙餅、串燒肉類如雞、羊，或菜蔬如燈籠椒、茄子、洋葱，但差不多一定跟菜沙律上。一頓飯之中，蔬菜佔了大半。

另外最常見的作料是酸乳酪，可以拌切碎青瓜作前菜，也可以摻水作飲品，有幫助消化作用，對腸胃極好。

我們在伊斯坦布爾幾天，大部分時間在大眾化的館子吃。第一天晚上在遊客區大街

上一家叫 Cennet 的串燒店吃，店的當中像天井似的低陷了一塊，兩名土耳其婦女當爐烙餅，一名負責把麵團擀成圓形的一張，另一名接過來撒上一大把切碎了的菠菜或乳酪、薄切香腸，對摺，再壓平，然後擱在身旁一個直徑兩三呎的大烤盤上烙熟。熱呼呼的一疊送上來，加一把芫荽，裹着串燒羊肉吃，簡直天下美味。

又一天晚上有當地人朋友陪同，到商業區 Taksim 的一家小館子聽民歌吃晚飯。笛怨弦勁歌聲激昂，原來是他們六十年代的「金曲」，小館子叫 Sal Café，甚受歡迎，在座的人莫不聽得如痴如醉。我們吃的是鑊仔烤肉香料米飯，香氣四溢。

第四天晚飯在住宅區的一家傳統老店：烘餅的是石砌的烤箱，烤肉的是飯桌大小的大炭爐，吃得豪放歡暢。最可喜的是價錢大眾化，四人每餐不過折合港幣一百五十到二百多元。

香料市場

伊斯坦布爾的大巴扎（Grand Bazaar）建於十五世紀中，大概是世上最早和最大的有上蓋商場了。不但金銀貿易、地氈、百貨買賣自古已聚集此間，直至一八四七年，這也是販賣奴隸的中央市場。現代遊客抵擋不了誘惑，年年蜂擁而至，但其實這裏的貨色一般，價錢又最不老實。開價四千萬，二千萬成交，外頭可能只售一千多萬。（土耳其幣數字大得驚人，一百萬只值港幣五、六元。）

要逛市場，倒不如到不遠的香料市場（Spice Bazaar）。乘有空調的電車到海旁尾站，就是十七世紀蓋成的新回教寺，香料市場就在寺右邊。星期六下午，寺前的廣場及橫街擺滿了小攤子，衣服鞋襪、電芯電器、玩具零食，林林總總，小販叫賣之聲不絕。

香料市場最多的當然是香料商店，走近進口已是陣陣誘人的茶香、乾花瓣香、香料香草香，各式乾果仁、杏脯、塞上鮮胡桃肉的無花果、蜜餞、大塊大塊以公斤分切售賣的蜂巢蜜糖、著名的玫瑰香味土耳其軟糖……教人垂涎三尺。還有不斷新鮮出爐的土耳其滲蜜酥餅，七十五萬已可買到三塊，囫圇吞下，從此不再批評土耳其酥餅太甜。香料市場絕不限於售賣香料乾果，瓷藝、繡花、紀念品也琳琅滿目。

最妙是貼着市場的新鮮蔬果魚肉街市，深紫色飽滿熟透無花果只一百二十萬一公斤，還有雪白的大塊乳酪等等。這是民間的市集廟會、民間的豐足熱鬧，我們開懷痛買，滿載而歸。

兩洲海峽遊

旅遊伊斯坦布爾，最值得做的就是乘渡輪遊博斯普魯斯海峽（Bosphorous）了。來回船票只土耳其幣三百萬，折合港幣十六、七元，最早一班船十時三十分出發，沿途在歐洲、亞洲兩岸停站，尾站是亞洲海岸的安納杜魯村，停泊約一個半小時，正好上岸在林立的海鮮館子挑一家舒適的吃個午餐，然後原船回航，回到伊斯坦布爾是下午三時三十分，剛好五小時，簡直物超所值。

我們出發那天是星期天，遊人特多，幸好船大而兩層，有足夠空間來回活動，而且清新的海風徐來，十分舒暢。

Büyük transferimizi

海峽是軍事要津，不但有現代的海軍基地，還有歷史戰爭的碉堡遺迹清楚可見。橫架海峽有兩條大橋，我戲為「大小青馬」。除了軍事，海峽也是通商要道，又是風景區。渡輪悠然駛過，兩岸可見一座座十八十九世紀的歐式各國領事別墅、貨倉及商貿大樓，和不少新蓋的豪宅別墅，據說時值數千萬至一億美元，多為紅歌星及權貴的物業。沿岸風光，就是歷史社會變遷的縮影。

到了終站，我們趕緊覓路攀上山嶺上的碉堡，二十分鐘稍為吃力的路程，但臨高北眺，面前黑海一望無際，左歐洲、右亞洲伸向對岸，幾可觸及，令人大感胸襟開放。

下山吃午飯，套餐有鮮炸青口、蔬菜沙律、炸薯菜、鐵板煎魚，全是當地海產，索價只五百萬至八百萬。回航船上多空位，更覺優悠，心滿意足。

柬埔寨之旅

「早晨的空氣清新，坐在經幾百年風雨歷煉的青石上冥想，真的有出塵的感覺。吳哥窟本是婆羅門教的寺院，後來改為供佛，但印度宗教文化痕迹處處。我就是喜歡這種歷史的斑駁。」

——〈天女與凡間〉

老撾
柬埔寨
金邊
越南

吳哥窟、洞里薩湖

吳哥行

七月底，趁立法會已休會而競選工程又未展開之際，一還心願，與蕭教授結伴訪吳哥（Angkor）古迹。

二十世紀三十年代，吳哥廢墟仍埋藏在一片茂密森林參天古樹之中，但後來經開闢清理，如今遊客參觀已輕易可達。從香港乘搭客機到曼谷，再轉機到柬埔寨的暹粒（Siem Reap），下機乘車十多分鐘已到酒店林立的中心，古迹就在咫尺。

我們下榻之所是最大最老的 Raffles Grand Hotel，最近剛裝修過，於是集懷舊之情與現代設備於一身。我倆各佔一個大房間，房外有露台，下望泳池花園，一片悠閑。我們卻不閑着，邊喝下午茶邊安排次日的旅遊節目，訂好車子車伕及導遊，趁夜尚年輕，還到市集看了個飽。

第一目標——幾乎是朝聖——就要看吳哥窟（Angkor Wat），這是十二世紀，安哥王國全盛時代的代表作，周圍二點八公里，分三進，五座石塔高聳，最高離地六十五米，壯麗異常。旅遊指南說明要在晨曦中看，寺外水池中的倒影，分外玲瓏。

於是預約好了清晨五時出發，天還未亮，但抵達寺外時已有數撥人馬比我們先到，薄霧微光中只見一片平坦，中間廣闊石道，兩旁斷續的石欄，原來是七頭巨蟒的蟒身。石道盡頭就是巍峨的古寺，寧靜祥和。我們要在水池邊等到曙光出現，看到了倒影，就可以安步進寺內了。我聞說第三層上的浮雕有起舞天女，姿態曼妙，但只能在清晨的陽光中看到，一心就是看一看。

天女與凡間

不知哪裏來的決心，竟然扳着扶手，一步一步地攀上七十度角的石級，登上吳哥窟第三層高頂，就是要看曙光中浮雕的天國舞女。天女是看到了，果然端麗無倫，但更大的享受，是頂層少人迹的逸靜。早晨的空氣清新，坐在經幾百年風雨歷煉的青石上冥想，真的有出塵的感覺。吳哥窟本是婆羅門教的寺院，後來改為供佛，但印度宗教文化痕迹處處。我就是喜歡這種歷史的斑駁。

下石級比上石級更艱難，實行眼觀鼻、鼻觀心，心中澄出一片空靈，不為外物所動。蕭教授持着數碼相機攝錄，譏笑我的緊張模樣，但後來發現，兩人一般雙腿酸痛，方知這短短一程殊不簡單。

吳哥窟第一層迴廊上是著名的精細浮雕，一壁的主題是印度教的一場歷史大戰，從各路軍隊出發的秩序井然，到酣戰中心的場面激烈，每一條線條都是生動有力，令人不禁神馳，遙想當年作此浮雕的匠人究竟是怎樣的人。

另一壁的主題是翻攪牛奶海的神話，正邪角力，天神與妖魔各一邊，是巨蟒身為繩索的拔河。這個神話其實哲理甚深，但不顧哲理，只看圖畫，已教人着迷。

除了吳哥窟，最重要的古迹是吳哥王城（Angkor Thom）遺址。王城正中是巴戎寺（Bayon），比吳哥窟遲差不多一世紀，迴廊浮雕的主題和人物面貌身段也是本土柬埔寨及民間得多。最妙畫中有不少中國人，似乎是經商日久，娶了體態可人的女子，於是定居於此，但保留衣冠習慣，浮雕中但見他們屠豬殺狗（導遊說是羊，我和蕭教授堅持是狗），樂不思蜀。

湄公是源頭

對柬埔寨來說，七月底是旅遊淡季，因雨季已經開始，對我們來說卻是正中下懷，淡季人少，最宜看寺院；午間黃昏下一場雨，更消暑氣。雨來得又準時又短，進得門來坐下點午飯的飯菜，天就下滂沱大雨，吃飽付鈔，正好雨散雲收，待下午茶時分再來。

但是這雨季旱季的天氣，就主宰了自古以來柬埔寨人的經濟和生活。我們第二天大清早驅車往暹粒河口外的淡水洋洞里薩湖（Tonle Sap）遊玩，方能親身領悟。

一小時的車程，路途上兩面村落，稻田蓮塘，喚起我兒時記憶。接近河口，開始見小僅容身的茅廬夾道，那是季候散工的棲身所。孩童嬉戲道旁，衣不蔽體，婦女門前操作，面無歡容，跟繁榮的市區居民是兩個世界。

沿湖浮村處處，顯然是較為經濟穩定的漁戶人家。這個湖原來是湄公河的蓄水池，七月至十一月雨季期間，上游洪水都聚集於此，湖的面積擴至十萬平方公里，蔚然成「洋」，魚蝦水產盡入湖中，旱季水退，湖水驟降，面積縮減至三千多平方公里，淺水捕魚，唾手可得。鮮蝦活魚吃不了，就搗碎曬醃為醬，是當地食譜一大特色。

我們見浮村上十分忙碌，小艇穿梭來往，有販賣蔬果魚肉的，有做工程的，有送貨的、載人的，而浮屋有不少面積頗寬敞，主婦忙碌家務，戶內吊牀上老人家及小孩則享受悠閑。我見蕭教授拍照拍個不停，原來她人類學家的眼睛，從頭飾看到不同民族淵源的人混雜：越南的尖頂草帽、柬埔寨人的鮮麗方格頭巾等等。我注意到人口之中小孩特多，少見老人，暴政對人口的摧殘，實在難以彌補。

吉士南瓜

南瓜很適合做甜品，這一款是柬埔寨的傳統食譜；姑且稱為「吉士南瓜」，十一月二日是萬靈節，上星期試製，正好應節。

作料可選重約一公斤的日本小南瓜。把瓜身翻轉，瓜蒂向下，在向上的一端開一個約直徑兩吋的小口，小心取出所有瓜囊瓜子。要量度瓜內的容量，可注滿清水，然後再把水倒入量杯。我試製的一個，容量是三百毫升。用布揩乾瓜身，用雙重錫紙裹好，露出小口。

椰香吉士，製法與一般吉士無異，不過不用鮮忌廉而改用椰漿。市面有小罐一百六十五毫升的純椰漿，很是方便。先將椰漿煮熱，加入三分之一杯白砂糖（嗜甜的可稍加一點）至完全溶合。大號雞蛋一隻加蛋黃一個攪勻，然後邊攪邊將已加糖的熱椰漿徐徐注入蛋液中，至完全攪勻。這三種材料，加起來應足夠三百毫升。

烹法簡單地説，就是把椰香吉士液注入南瓜內隔水蒸約一小時。各家的蒸具不同，我家用的是西式蒸煲，剛好夠高身。我將用錫紙裹好的南瓜放穩在碟子裏，在蒸隔安置好，然後才注入椰漿吉士。

蒸好之後小心取出涼透。蒸時吉士會稍膨脹，所以不要注得太滿，但涼後會收縮。也可以在涼透後剝掉錫紙放入雪櫃。錫紙的作用是保護瓜身，減低蒸時出現裂縫、吉士流出的危險。

吃時把這金黃可愛的南瓜置於碧綠或雪白大瓷碟上，切開一片片，每片都以一瓣金黃托乳白，煞是有趣。味道不會過甜，應受愛吃南瓜的人歡迎。

香江記憶

「記憶，是一個人的身份來歷的核心。同樣，記憶是一個城市的身份，沒有記憶來歷的城市，多麼熱鬧、便利，都沒有味道，沒有地位。所有偉大的城市，都必須有過去和有將來。將來，是可以憑努力打造；過去，沒有就是沒有，而失去，就會永遠失去。」

——〈香港舊城區〉

卜公花園
太古廣場
律政中心（舊政府總部）
亞洲協會（舊英軍軍火庫）

遊走中西區

香港舊城區

沒有記憶的城市

一個沒有記憶的城市，就像一個沒有記憶的人一樣，只有軀殼，沒有靈魂。記憶是怎樣保留下來的呢？我們總有很多很多方法：拍照、寫日記、寫信；保留有特殊意義的實物。記憶有個特點，就是與愈多人分享就會變得愈豐富。一個人的記憶會有缺漏模糊之處，但一家人的記憶集合起來，缺漏之處就補充了，模糊之處就變清晰了。

記憶，是一個人的身份來歷的核心。同樣，記憶是一個城市的身份，沒有記憶來歷的城市，多麼熱鬧、便利，都沒有味道，沒有地位。所有偉大的城市，都必須有過去和有將來。將來，是可以憑努力打造；過去，沒有就是沒有，而失去，就會永遠失去。

像人，城市的記憶，除了保存在活人的記憶裏之外，就要保存在她的文獻、實物之中。我們講保育，是要留住富有歷史意義的建築實物，像樓宇、牆、階、樹木；這些實物，不是憑文字記載所能保存的記憶，因為不同年代，實物會告訴我們故事不同的一面。沒有保存古迹的法例，對歷史重要的實物無法保留下來，沒有保存和保管檔案的法例，有歷史意義的文獻也不會得到完整地保留下來。香港的古迹法軟弱無力，而檔案法至今仍然沒有。沒有太大的壓力，政府不重視，也可能政府認為，最好就是抹掉記憶，記憶太過政治不正確。

我們到世界各大城市遊歷，第一就是要參觀人家的舊城區，因為那是這個城市獨有的，也是最有味道的一部分。其實，香港港也有自己的舊城區，佈局完整，一磚一石，樹木泥土，甚至空蕩的空間，各有自己的故事，共同收藏着這個城市的記憶，等待我們去觀摩細聽。

舊城區就離中環商業區不遠，只十來分鐘的腳程，順着荷李活道旁城皇街石級走上去，就是必利者士街，短短窄窄的永利街在石級的右旁。再過一點是樓梯街；樓梯街西邊一帶，就是我們歷史價值最豐富的舊城區了。在中環工作的人們，若能犧牲一個午餐的時間，攜一瓶水一份三文治，就可以來此一遊，挑個安靜的角落坐下來靜心欣賞。

舊城區的棋盤

要明白舊城區，首先要轉移視線，平日習慣了集中在支配着現代都市生活的，沿着海港由東至西的幾條公路，尋找舊城區，目光就要往山坡上移，移到荷李活道——這是港島第一條街道，由東至西；移到大致與它平衡的堅道、般含道，然後看連貫着這兩條橫向街道，依山建成的一條條直街。沿着這些直街往上走，瀏覽兩旁伸展的平台建築，住宅人家，就會看到一層層不同的歷史風貌。

首先是鴨巴甸街。十九世紀，開埠之初，這是一條分界，鴨巴甸街以東是英式建築及西人社會的生活方式，以西，則是華人社會樓房與傳統生活方式。鴨巴甸街與荷李活道交界，曾經是孫中山讀醫的西醫學院所在。

西向下一條直街是城皇街；再下一條是文武廟旁的樓梯街。正如荷李活道另一頭的裁判署、中央警署及監獄，是英國制度之下維持法紀的核心，文武廟就是華人社會傳統排難解紛之地，一首一尾，互相呼應，分庭抗禮。

試在地圖上劃出這個框框：從樓梯街直上堅道，沿醫院道西行至磅巷，再從磅巷下來，直至荷李活道，然後東行回到樓梯街起點。這個框框，緩步不足一小時已可走一圈。擴大一點，沿着與磅巷交界的普慶坊往西行，見東華醫院所在的普仁街，轉入普仁街直落，又回到荷李活道。這個擴大的框框，就是我們觀之不足的舊城區，而最中央的心臟是太平山區。

籠罩着太平山區深沉的歷史陰影，是自一八九四年肆虐三十幾年，造成死亡無數的鼠疫。這場大災難，可以追溯到香港一八四一年開埠之後，在英治之下華人來香港謀生聚居的情況，而對付鼠疫，又開啟了連串改革，包括一九零三年清拆太平山街密集華人住宅，變為命名為卜公花園這片空地；一九零五年，在連接堅巷的空地建築大樓成立細菌學檢驗所、通過香港歷史上第一條規管建築物的法例，而西醫藥及醫療服務爭取本地華人接受，對東華醫院的角色發展有重大影響。

鼠疫改變了早期的香港，但在漫長鼠疫中死亡的無主孤魂，則在太平山街幽深的廣福義祠（今稱百姓祠）靈位永遠得到棲身所。時至今日，處身於義祠狹小幽暗的天井間，仍可感到撲面而來的亙古哀慟悲憐。

二零一六年一月十三日

磅巷的野餐

磅巷位於上環，連接荷李活道到半山醫院道，是一條很有歷史趣味的石級通道。「磅巷」是誤譯。英文 Pound Lane，不是指幣制 pound, shilling, pence（英鎊、先令、便士）的英鎊，也不是指重量 pound, ounces（磅、安士）的磅，而是指關牲口的欄。院舍圍牆之內稱 compound，就是同一字源。顧名思義，可知磅巷有多老。原來一八四一年英軍登陸佔領港島，所在地就是不遠的水坑口，以前稱 Possession Point，營地附近是存放糧草之地，是以有牲口欄，後來這條上坡小路就叫做 Pound Lane。磅巷與東華醫院所在的普仁街平行；打橫貫穿普仁街和磅巷的街道，今稱普慶坊，原名街市街（Market Street），是個街市。現時普慶坊旁的卜公花園，舊為太平山華人聚居的地區，密密麻麻，住有過千人，至一八九四年鼠疫之後清拆，建了這座公園。所以不問淵源還可，一問之下，就難止綿綿不斷的唏噓及思古幽情。

磅巷全長二百二十八級石階，兩旁古樹，平台人家。普慶坊之上是大安臺。這一帶房子樓上住宅，地鋪有工藝工作坊、古玩店、茶室、烹飪班教室廚房、蔬果欄。磅巷口

與太平山街交界處有公共厠所浴堂，別小看它，那是鼠疫之後，為方便貧苦大眾免費享用熱水衞生設備而建的，至今運作不斷。

難得的是，這一帶的舊樓房雖然有些翻新，有些改建，但卻完整保存了整個舊區的百年格局，磅巷就像一條脊骨，串連着每個部分，為每個部分定位，它的重要性，真是無以復加。然而，這麼獨一無二的古迹，卻終於讓發展商看中了，他們認為如果將磅巷改建為行人扶手電梯，太平山街這一帶，就能發展為商業餐飲區，就像中環的「蘇豪」區一樣，政府樂意支持發展，磅巷於是有難了，但市民大眾，有誰在乎這是煮鶴焚琴？

可能平日匆匆走過的人，只會嫌石階既陡且長，要在石階旁空地坐下來野餐，細味周遭景物人情，才能領略到這一區的豐富歷史味道。愛護舊城區的居民，於是妙想天開，廣約街坊，擇日舉行磅巷野餐。

野餐那天，天文台原先預測多雲有雨，發起人不願改期，結果天順人意，變了天晴炎熱。當天還有攝影會的會員到這兒活動，乘機將這項城市野餐「盛事」捕入鏡頭。待等秋涼，一定更宜野餐。大安臺上，已有店鋪主人主動邀請大家到時利用他店前樹下的空地，舉行即興娛樂節目。舉辦者當下盤算組織茶點小組，如能預先報名，甚至可以提供自製精緻糕點分享。

二零一三年九月二十三日

醫學博物館的春秋

如果你處身般含道上樓梯街的頂端，你只需走下十來級石級，便會看到彎彎的堅巷在你的左邊伸延。堅巷本身就是一條饒有趣味的小徑，稍進入堅巷，拐一個彎，往右下望，數級石級之下，宛然一座兩層高的紅磚樓房就在眼前，古色古香，卻是似曾相識。樓房左側是一座矮小平房，四周環繞着花木扶疏的園子，恬靜出塵，這就是香港醫學博物館。

即使假日，參觀博物館的遊人也不多。從正門進去，室內木地板、木樓梯，大窗光線充沛，室外有迴廊，弧頂石欄，花磚地面，儼然是不遠的香港大學正樓陸佑堂的風貌，雖然相對小巧，但百多年房子，卻是完美無缺。原來房子與港大正樓差不多同期建成，同一家利安公司（Leigh & Orange）設計。一九零三年，港府為了對付連年爆發的鼠疫，決定聘請專家來港，並在堅巷空地建築大樓，成立細菌學檢驗所（Bacteriology Institute）。一九零六年，化驗所大樓正式啟用，監察及控制鼠疫是它的首要任務。一九二六年後，鼠疫不再重現，但化驗所的任務，已擴至常見的傳染病，及製造預防這些傳染病的疫苗血清，包括牛痘疫苗。

原來的建築，一共三座，正中大樓，樓上是實驗室及研究設施所在，地牢是製造牛痘疫苗的牛隻接種設備，大樓左側平房是員工宿舍，右側是飼養實驗及製造疫苗所需動物的實驗室動物樓。一九五零年代，細菌化驗所改名為病理檢驗所（Pathological Institute）；一九六零年檢驗所遷往西營盤新址之後，製造疫苗的工作在原地繼續進行，直至一九七三年。停止生產疫苗之後，動物樓拆卸，改建為堅巷花園，大樓及宿舍空置，一九九零年列為法定古迹。一九九六年三月，港督彭定康同意將舊病理檢驗所所址以最長的七年租約租予醫學博物館學會作為館址。

正如學會十週年紀念刊所說，交通不便的堅巷，使這座二十世紀初的建築物，歷香港一九八零年代的高速發展而仍能避過了發展商的垂青，大樓自落成以來甚少改動，它的歷史和古建築物的價值亦隨年月而增長[1]。的確，即使在沒有特殊展覽的日子，醫學博物館也值得觀賞，就是因為這座建築物罕有，包括室內的裝修及科學設備，樓上主要實驗室的瓷磚牆、木板地，設有陶瓷水槽的實驗長木枱，甚至水槽的水龍頭，細看可見仍是英國運來的原物；當年醫學團隊孜孜不倦，解剖無數太平山區搜集的老鼠屍體尋求破解瘟疫之謎的情狀，歷歷在目。另一個實驗室設置了長期展覽，陳述產科醫療服務的發展史，由在家中由接生婆接生到留產所的興起，到正式護士專業資格的成立，我這一代的人應感到特別親切。

地牢有點陰森，最矚目的是有弧形凹位的大木枱，其上有多個銅環，看壁上圖解，原來這是牛隻躺臥其上，讓醫務人員施行接種牛痘的接種枱！我小時，人人都要種牛痘預防天花，今天才知道疫苗來自此間。

檢驗所為香港醫療服務提供的偉大貢獻，不但令人肅然起敬，而追溯這些過去的人士如何推動醫療服務的發展，更令我們發現不少關於舊城區內多座建築物有趣的歷史故事。

從地牢上來要出花園逛逛，細看那些分開一叢一叢，清楚標籤的花草，原來不是為尋常觀賞，而是有醫學用途的植物，規模雖小，也是趣味橫生。從花園北隅下望，周遭高樓

1 何屈志淑醫生：《默然捍衛——香港細菌學檢驗所百年史略》，香港醫學博物館學會，二零零六年，頁八十一。

林立，但仍有不少矮房舊街，保留了可供呼吸的空間。細味一回，你會油然感到人生的可貴。

日軍佔領時期發生可歌可泣的事迹不知多少，這幢樓房也見證了其中一事。一九四二年，日軍接管了細菌學檢驗所，政府的細菌學家被關進了集中營。當時，有一位來自上海享特李斯特研究所的勞勃森教授（Professor Robert Cecil Robertson），他受聘為港大的病理系教授，但在細菌學檢驗所寄住，由於他持有國際聯盟的護照，日軍沒有把他關進集中營，但要他在日軍指示下繼續進行他的研究工作，情形愈來愈難堪，因為令外界視為通敵。英軍服務團於是計劃派員到來祕密營救，助他逃回大陸。但勞勃森教授不良於行，自忖只會令營救他的人陷入莫大的生命危險，於是他決定自我犧牲。留下給在英國的妻子一封遺書，就在檢驗所二樓的西北露台一躍而下，自殺身亡。營救員到來時，只餘碎階磚上一灘碧血，惟一可幸的是，幾經辛苦，遺書終能送達他的妻子手上[2]。

二零一六年一月十五日

2 見注釋1何屈志淑醫生著作，頁六十八至七十。

盡頭處有咖啡香

那個星期日近午，天色微灰而有隱光，欲雨欲晴，輕風清涼，我沿半山那頭的樓梯街下來，轉入彎彎曲曲的堅巷，經醫學博物館，穿過堅巷公園遊樂場的奇幻迴廊亭台，到達普慶坊的一處平台，找到我的目的地——一家清爽活潑的咖啡室，名叫 Café Deadend，姑且譯做「盡頭咖啡室」。

這裏的咖啡香濃，早餐午餐簡單美味，材料新鮮，深受鄰近居民歡迎。還有數張露天枱椅。悠閑氣氛，正合星期日的心情。咖啡室連着麪包店，其實正是他們的麪包最先吸引了我，令我決心找時間來細細品嘗。手做麪包，慢工細貨，不免成本高昂，但我認為是值得享受的真正奢侈品。

咖啡室的座位排得頗密，我自自然然就跟鄰座的一對年輕人攀談起來，興致勃勃地向他們推薦這一帶上環風光和特色店鋪。不只咖啡包點，還有各色手工藝和花店，與佔領了中環清一色經營大堆頭名牌產品的名店有天淵之別。消閑文化美其名稱為「品味」，其實那些昂貴的服飾用品，大多是全球銷售的大量生產之物，口味粗俗，不過藉排山倒海的宣傳攻勢，推銷仰慕富貴形象的虛榮。

我們於是同意，享受悠閑之樂，真正的品味在於認識自己真正的愛好與要求，尋找能夠按照自己要求創作出一件物件的人，不然就是自己學會如何製作。然後就要珍惜得來不易之物，時常照料。情趣在於認識的過程，這樣就不會輕易受一時外來誘惑，始亂終棄。

Café Deadend 名字不乏黑色幽默，這一帶原是傳統殯葬用品的店鋪工場，如今這種服務逐漸淘汰，這區又「活化」為消遣的好去處。盡頭咖啡室不是盡頭，沿四方街下來，途上是手作皮革製品店、手染布料作坊，然後就到了荷李活道的文武廟，香火鼎盛，遊人如鯽，生氣溢然。如是度過一個輕鬆的週日下午，又是收拾心情，面對下一個星期的工作的時候了。

二零一三年五月二十日

前朝的政府山

八十年代直至一九九五年出任立法局議員的十多年間，我經常採訪政府消息，撰寫政治評論，為此經常出入政府總部和總督府。那時，要上總督府談甚麼，多數寧願徒步。從與皇后大道中交界的炮台里緩步而上，右邊便是政府總部西翼，盡頭是現在改作終審法院的舊法國修道院樓房[3]，樓前小小一個空地，一株大樹枝葉婆娑，隔個花圃，數步之遙，是聖公會聖約翰座堂——才五分鐘的路程，已拋離塵囂。一百六十多年來，拆掉又重建，重建又重建，聖約翰座堂一直在原址，目睹無數生榮死哀。任上逝世的港督尤德爵士，遺體自北京運返香港，就在這裏舉行喪禮。

不轉入座堂而上政府總部，你可以選擇拾級而上寬闊的石階。這幢石階通往立法局會議廳舊址。當年中英聯合聲明草簽之後，英揆戴卓爾夫人在此會見傳媒，年輕記者劉慧卿當面質問：英國將這片自由土地和人民交付到一個專制共產政權手裏，你不覺得良心不安嗎？

你也可以選擇隨着柏油路轉上大石坪，這裏就是港府行政機關的心臟地帶。右手邊是西翼的延續，左手邊的低層方型樓房以前就稱為‘The Secretariat’，是整個公務員架構的最高層決策官員的辦公室，實際上是公務員之首的布政司——後來稱為政務司——的辦公室在五樓。鍾逸傑、霍德、陳方安生都在這裏辦過公。外頭會客室壁上裝着柚木牌匾，金字漆着歷任布政司的名字與任期。

出了政府總部，橫過下亞厘畢道，有石階蜿蜒上山，兩旁花木茂密，盡頭是柏油道，對面就是總督府的花園後門，到大門去還要往上走。督轅府（Government House）是發號施令的地方。

那時，權力的表現就是那麼對外隱晦、對內層次宛然。

二零零六年六月九日

3 二零一五年，終審法院遷回舊時的最高法院大樓。

後記

九七年後，特區政府改變了政府山的氣象，先是豎立高高的鐵欄圍着政府總部，閑人不得擅進，後來索性遷離政府山，在臨海的添馬艦廣闊的地皮，興建更輝煌威勢的政府總部，立法會也迫着要搬在一起。

至於空置了的政府山舊地，特區政府原先執意分拆拍賣發展，但反對聲音太大，迫得略為收斂，二零一零年，以位於皇后大道與雪廠街交界的西翼並無歷史價值為理由，建議單獨拍賣。豈料民間團體聲音不減，舉行了連串活動保護整個政府山不被出賣及破壞。為證明西翼是整佈局不可分割的一部分，有人找出了一份輯錄自一九五六年 *Far East Builder, Vol.12* 的報道。

當時，正值政府合署西翼快要落成啟用，所以該建築期刊就圖文並茂地介紹了這座建築物建造的源起、目的、設計、材料、構造、間隔，以及它在整個「政府山」佈局之中所佔的地位。除了報道，還附有規劃署《中區政府合署地盤》圖則，清楚顯示出政府合署與 Government House（現稱「禮賓府」）的關係。報道內容特別提到新建築羣裏面增蓋的立法局會議廳，加插了好幾張圖片，順便重溫了立法局的歷史發展。整體評語是整個建築物和諧悅目和實用。

我本來對這些樓房內部已十分熟悉，看了這篇報道，更有終於得窺全豹的感覺，愈了解原意，就愈堅決反對政府分割出售的破壞行動。

建築物是一個城市的衣冠。政府山建築羣的格調是低調悅目而實用，對比之下，超速建成的添馬艦新政府總部則是霸氣十足，拚命要造成君臨天下的派頭，得出的結果卻是超大寫字樓大廈與高級商場的混合物。從政府山走下添馬艦政府總部，表現的是政府管治的商業化，拍賣西翼建商廈，是發展商精神入主政府山的矚目象徵，不可謂不諷刺。

添馬艦那堆巨型建築，兜頭兜臉的迫人看當今政府的惡俗自大，前朝政府山的氣度變得更惹人懷念。

二零一六年一月十四日

軍火庫古迹新貌

離正義道英國領事館不遠，是殖民地最初期英軍軍火庫的遺址[4]。現存的最主要建築物是火藥庫A、B、製火藥工場，及分隔開這三座建築物的兩座護堤。英軍於一八四零年已在這個地段設兵營；火藥工場和火藥庫A相信是一八六三至一八六八年間建成，製成的火藥，由吊纜直接運送到灣仔現稱「軍器廠街」的軍器廠，軍火庫的地上仍留下運送重軍火的路軌，連接着這幾座建築物，至吊纜運送站的起點。根據紀錄，二十世紀初，兵營擴充營地，交給海軍接管。火藥庫B則在一九零五至一九零七年間建成。護堤體積龐大，恍如兩座人工小山，作用是將兩座軍火庫隔開，提防萬一其中一座軍火庫意外爆炸，也不會牽連另一座連環爆炸。

上世紀中葉後，兵營逐漸棄置。香港主權移交，解放軍一度佔用，但隨後交出，用作儲存大型棄置物的倉庫。數年前，特區政府批准亞洲協會香港分會修復活化，作為館址，最近竣工，正式啟用。

我在該址修復過程中幾度往訪，一開始就深感興趣，修復和活化工程異常細心嚴謹和尊重古物，悉心保存了大量原貌特色，特別是火藥庫和護堤的石牆建造及設計，尤其令人大開眼界。火藥庫A全座是本地花崗石砌成，就地取材，是本港開埠時期的典型材料和建造。原來麻石也分兩種，較為色黃質粗的是就地開採，前期建築所用的差不多全為這種，另一種較色灰紋細，在本地較遠開採，後期建築多為此種，所以憑石材已可見建築物的年期。

4 軍火庫英文是Magazine，附近的馬己仙峽道，Magazine Gap Road，其實是「軍火庫道」。

火藥庫A另一個值得細心觀摩的特色是它的門窗石框。雖然現時已裝上新的木門，但細心觀察，就可在石框上看到原來的木門和鐵閘及鎖盒裝置的痕迹，當年曾是常見，今日遺迹已屬罕有。但是火藥庫B的照明通道，磚牆的砌法、護堤原本的堆石牆及後加的石縫填漿，無一不令人佩服無名工人的手藝。這麼珍貴的古迹，值得香港人花點時間靜靜欣賞。這是最接近金鐘商業區最易達的古迹，可惜仍然不大為人知。

二零一二年六月二日

樹猶如此

正義道太古廣場，麗港酒店與香格里拉酒店之間，有小花園，園中矗立一大榕樹，枝葉婆娑，英姿抖擻，背後維港藍天，樹下石砌平台小徑，有長椅供遊人歇腳，忙裏偷閑，片刻清靜。

樹下有告示牌：此地原為英軍兵房，一九七九年遷離，終發展為太古廣場。發展期間，見此大榕樹，相信植於一八七零年，樹齡已逾一百四十餘載。為保存此樹，需掘一巨大圓筒形花盆，直徑十八米，深十米，耗資港幣二千三百八十九萬零二百二十七元。樹遂得保留，揚眉吐氣於天地之間。

護樹，豈是毋須付出心血與金錢代價？

疲累連日，週末，買得厄瓜多爾橙黃玫瑰，難得清香縷縷案頭，讀詹志勇教授《石牆樹保育》，雙重享受。書中仔細描述，港島堅尼地城科士街的三堵石牆及附於石牆上生長的二十七株榕樹的故事。

一九零一年舊地圖上，科士街石牆已經存在，作用為護土牆，牆後平台，可供建築，是當年舊城區擴展斜坡土地用途的常用手法。牆身以石塊砌成，就地取材，是客家工人的傳統技術，經歷過百年風雨而堅牢如故。石塊之間有縫隙，榕樹種子經飛鳥糞便遺於牆身，長出幼苗，伸出鬚根，探入牆後泥土，終成大樹，枝葉搖曳於空氣之中。

細葉榕有個可怕名字：「絞殺榕」，因在天然樹林之中，榕樹種子落在主樹枝椏高處，附主樹而緩慢生長，俟鬚根抵達地面之後即迅速木化，纏繞緊裹主樹樹幹，終絞殺主樹而代之。以石牆易主樹，沒有殘酷的絞殺，突出了榕樹的頑強生命力，由無根無地到落地生根，開枝散葉，為途人擋烈日，為街道添風采，正好比喻了香港人歷代定居於這個「借來的時間、借來的空間」的奮鬥精神，我們極其珍愛，砍伐老樹，有切膚之痛。

然而，《石牆樹保育》，談牆談樹只佔一半，另一半是敍述港鐵堅尼地城站的設計與施工歷程。為保育石牆樹，港鐵屢次諮詢居民，地下鐵路站的選址及設計三易其稿，聘請護樹專家，額外耗資鉅大，今日有成，豈是偶然？

樹猶如此，保育成果，維護根基制度，豈省得了心思血汗！

二零一五年八月二十四日

危樓

老化失修的舊樓，是繁華都市的陰暗面。馬頭圍道一座舊樓倒塌，硬生生將這個陰暗面暴露於人前。

香港人愛追逐最新豪宅落成的消息。報章、電視天天展現一幢比一幢更炫耀的「至尊府第」。發展商賺大錢，特區政府不但大有進賬，更把這些發展當是輝煌政績。明明是踏實的土地規劃局，索性改名為「發展局」，好像政府的角色，就是官辦的發展商。添馬艦的政府總部媲美西九的住宅大廈「君臨天下」，只不過還不夠膽子直用其名。所謂舊區重建，所謂保育活化，結果還是建新廈，迎合貪新棄舊的需求，為有錢人帶來更多的賺錢機會及更滿足虛榮心的享受。

但樓宇像人，會老；會受風雨侵蝕摧殘。戰後五十年代的舊區舊樓，材料和環境都差，缺乏管理，日久失修，有能力的人家早棄如敝履，遷往新房子去了，留下來是沒有能力的老人自住，或是租給因付不起貴租而迫得住破房子的窮人。愈殘破，維修就愈麻煩，業主不願負擔，寧願以更便宜的租金，租給更窮的窮人。舊樓和舊樓裏的窮人，就在社會的陰暗角落裏掙扎生存。他們的安危，政府不願管，因為問題太複雜，太花工夫，太大麻煩，回報的掌聲太少，還是蓋新房子簡單討好。舊樓，是發了迹的貴人的糟糠婦。

然後出事了，塌了樓，死了人，不能不正視及處理這個尷尬場面，官民都心中有愧，發展局局長，素服莊容表示要承擔責任，並即時採取行動，不讓悲劇重演。隱憂何其深！這不是一個局長一個局的事，是整個政府甚至整個社會的取態和價值觀。「發展局」正名為「土地樓宇維修管理及發展局」，也不足以改變政府的心態和能力。

其實香港特區已迅速變為一座危樓，只有不斷以僭建物應付即時需要的招數，沒有長期關心和保養維修的承擔和本領。

二零一零年二月六日

家在菜園村

菜園村史略

菜園村是香港新界石崗軍營東邊的一條村。戰後五十年代，大陸難民逃難到香港，找住的地方不易，有些便輾轉找到了這一帶廢耕的農地，沿着石崗河兩岸，用當地撿得的物料及沙石，搭屋棲身，就地耕種，養雞放牛，兼出外做工，以維持生計。隨着年月安居下來，家庭人口增加，村民自力擴建房舍，家人子女同住，鄰里互相照應，漸漸形成了一個人脈網絡細密的社區。

八十年代，新界原居民的農地大多廢置，或改變用途出租為貨櫃場，有部分則發展為丁屋住宅，但菜園村地段偏遠，村民又非原居民，沒有土地權可供發展土地，所以仍然維持以務農為主的生活方式。那時，他們聚居之地未有命名，按照政府術語，只是一條雜姓散村。

「菜園村」的名字，其實是到了約二零零九年，政府計劃清拆這條村，要訂立收地的範圍而起的。其時，全村已有八十多戶、共五百多人口。

收地清拆的原因，是為了興建一條連接廣州、深圳的高速鐵路，二十六公里長的一段鐵路。這條鐵路全程在地下行走，但在石崗軍營附近冒出地面，要在菜園村的現址建設車廠和緊急救援站，所以便要清拆這條村。

二零零九年十月，政府在菜園村貼出了第一份收地通知。當時，大部分村民已在當地居住了半個世紀，房舍、花園、菜地、店鋪，無一不是一磚一石親力親為建成及經營的心血，不少村民已屆七、八十歲的高齡，滿心在此終老。拆村，不但是拆散數代同堂的家庭，也是摧毀了他們持續了半個世紀，香港已不復多見的務農社會生活方式。

菜園村的村民初時堅持「不遷不拆」，組成了關注組，出席立法會的公聽會提出訴求，又舉辦了導賞團，接待往菜園村實地了解的市民。十二月，政府正式向立法會申請興建高鐵的撥款，村民到立法會大樓外集會，並且擺放小攤子，當場供應菜園村特產食物給來往市民。村民的努力，爭取到不少議員及公眾的支持，但終不敵議會內的建制派大多數。二零一零年一月，撥款終於在立法會通過，由二月開始，政府便展開大規模清拆行動，只允與村民商討收地的恩恤補償金額。最後，村民被迫放棄不遷不拆的立場，退而求其次，爭取原村搬遷復耕。

村民的意願，得到了一批學者和專業人士的支持，他們成立了工作室，以專業知識和服務，協助村民夢想成真。但過程艱巨，障礙重重。村民在二零一零年十一月以補償金買地作為新村的地點，但還要歷時近五年，才可以實際施工建屋。二零一六年，新屋陸續建成，公田有望稍後開墾，然而無法彌補的一大憾事，是原村的老人，在漫長的奮鬥及等待的過程中，一個又一個相繼離世，永遠看不到新村重建的家園。

井水人家：初見菜園村

二零一零年八月，我第一次參加導賞團探訪菜園村。在此之前，我忙着開會及寫文章反對政府藉高鐵推行違反「一國兩制」的「一地兩檢」，根本無暇顧及菜園村是一個甚麼地方，那些意志堅強而又笑容純樸的村民究竟是甚麼人，但我完全認同他們守衞家園的精神。塵埃落定，我就決定要實地考察一番了。

八月的天氣十分炎熱，我們一行人在錦田公路近石崗菜站處下了車，步行入村。走了好一段路，才看見鐵絲網上掛着大字路牌，寫着「菜園村」三個字。村口第一間房屋是家士多店，屋前有平台，放着摺枱和幾把椅子，屋內有汽水櫃，冰箱裏湃着瓶裝冷飲。大門前掛着信箱，這是全村郵遞的地址，士多店，其實也就是全村的通訊中心，已有四十多年歷史，而一直經營士多店的周婆婆亦已屆七十高齡了。她仍然十分壯健，中氣十足，指揮女兒和孫女兒招呼我們。

我們坐下來抹汗，定過神來，看見原來店屋依路旁斜坡搭建，坡下是住家，斜坡上長着幾株高聳的木瓜樹，樹上木瓜纍纍，新界就是多這樣的木瓜樹，天然繁殖，供人食用。

喝過水續行，入村是彎彎曲曲、村民自己鋪成的混凝土小路，兩旁是菜田和矮牆農舍人家，有些房舍細小簡陋，有些則頗具規模，圍牆之內數間房舍，有樹，有種花種菜的園圃，屋前餘地寬敞，設着晾衣的竹枝木架，散放着乘涼的椅子、打掃的用具、孩童遊玩的腳踏車等等。貓狗自由走動，好奇地望着我們，一派悠然。路上時有村民扶單車出入，互打招呼。

沿路經過幾處果園，密密長着的有荔枝樹、黃皮、龍眼、番石榴等等新界常見果樹。我小時新界的老家也有這樣的荔枝園，葉子油潤墨綠，樹幹黧黑，樹身不高，枝椏多而樹幹堅韌，是最好攀的樹。荔枝兩年一大造，我家的荔枝不分外好吃，但嫣紅的荔枝掛滿枝頭，摘下一籮筐一籮筐裝滿，分送鄰里，傍晚天涼，家人鄰里圍坐談笑啖荔，就是一樂。

夾道野草野花茂盛，水邊芋艿，水上浮萍，各種叫得出叫不出名字的，總之都是兒時見慣。走了半天，忽見縛在一處鐵絲網上，透明膠套載着的英語文書，細看原來這就是政府的收地通告了，日曬雨淋，幾不可辨認，也不知有多少村民能看得到，看得明。

我們一直走到小徑盡頭的一個宅院，裏面一羣五、六間小屋，中間是個水泥地的地堂，地堂中央有一口井。這是「村長珍」的家，住着她和丈夫及三個兒子、丈夫兩個兄弟的家庭，和她的老爺奶奶。她叫「村長珍」，不是因為菜園村有村長，而是她自小在菜園村長大，又嫁給同村的人，一生就是這個家鄉。

珍熟悉菜園村的一草一木，最拿手用菜園村的特產做食品，例如就在屋旁粗生的雞屎藤，用來擠汁蒸糕，不但烏烏亮亮、軟軟韌韌的又好看又好吃，而且有藥療作用。每次菜園村有活動要招呼訪客，都是由珍打點款客點心。

這天，珍給我們備下的點心是韮菜餡餅。韮菜是就地取材，而餡餅新鮮煎香，配着微温的淡茶，令人暑氣全消，只覺得舒暢無比。我特別感到親切的是那口井。珍家的房舍，是全家不分男女，合力一磚一石建起來的，地是奶奶用盡積蓄買下來以為終老，以為兒孫幾代同堂安居之所，老爺請人在此鑿了這口井。我小時祖屋有井，圍井有地台矮壆，我特別愛坐在壆上看大人在井頭洗衣服聊天。冬天井水暖，早上，大人特別打井水上來讓我們洗個暖臉，夏天井水涼，哥哥們採得涼粉草造成黑水晶似的涼粉糕，整罐吊入井中湃得冰涼，然後切開分饗鄰里。有井水，即有鄉情，左鄰右里來挑水，井水不減，人情卻年月加深。見菜園村這口井，如見昔日家園。

這時節，村民仍在努力覓地遷村。一個困難是要有人介紹，另一個困難是絕大多數村民不擁有房舍所佔的土地業權，可獲的賠償金額有限，增加了買地困難，第三個困難是要政府批出復耕牌，准許村民在新地復耕。此外還有很多法律及建築專業上的問題，例如新村的整體設計，既要每家每戶私人擁有所住的房屋園地，亦需全村共同擁有若干公田及設施，業權要有妥善的法律方式保障，設計規劃也需滿足建築、規劃、工程等專業要求。工作室的義工與村民一同開會商討，從旁協助，由村民自己決定，是一段漫長的互相學習過程。

那天下午，我們出村的時候，經過一所鐵皮搭建的小棚屋，那就是臨時工作室所在，義工朱凱迪已以工作室為家，而村民亦早已把他當做自己的子姪了。

菜園村，珍重

二零一一年初，收到訊息，地已覓得，並已簽訂了轉讓契，計劃一切就緒，但建村卻仍有重重阻礙，無法開始施工。政府無意寬限，已展開大規模收地行動，村民及義工緊急組成巡守隊阻止地政署人員入村，但阻擋不住，巡守員一個個被拘捕、被告上法庭、甚至被打傷。港鐵出動了推土機、打樁機在村旁開工，造成大量噪音滋擾，使村民無法過活。然後，政府改變策略，逐幅收地，摧毀農作物，破壞房舍，菜園村處處負創，支離破碎了。最後，村民被迫同意棄村，搬到新村土地上的組合臨時屋入住，在未開發的陌生環境中，邊住邊尋求解決問題的方法。

於是，善良好客的村民，舉辦了告別晚會，邀請各方友好惜別菜園村。

二零一一年四月二十四日，我抵達的時候正薄暮漸黃昏，村民在村口樹下搭起小平台，掛起了照明燈泡，白布上紅色斗大只寫上「珍重」二字。空地上站滿了人，友好還是三三五五絡繹到場。入村的小路，一旁攤開了一張張桌子，擺滿了大盤大盤各色食品菜肴。菜園村男女村民都有烹飪高手，家鄉菜是一流，有客家菜、有菜園村的特產食譜，意料不到的是還有豐富的南洋菜色：沙爹串燒、椰汁咖哩，數之不盡，好像每個村民的滿腔愛心好意，都灌注在食物上，願與所有往來人分享。

我不懂燒菜；我做了個方形的巧克力榛子蛋糕，上面鋪着像砂像泥土的碎粒巧克力和榛子，又摘下小撮小撮的迷迭香葉子，「種」在「地」裏，預祝菜園新村豐收。比起村民奔放的熱情，我這小心翼翼的奉獻，實在太侷促了。

我離了人羣，獨自踏上入村小徑，訴說我自己的告別。才入村，已見左邊本來整潔的庭院一片淩亂，花木蒙上厚厚的泥塵，矮牆後見幾座龐然大物的機器；右邊房舍門窗緊閉，幽暗無人。園裏的荔枝樹，硬生生從中劈開，半株帶着果實逶迤於地，荔枝青綠，猶未及綻紅。今年是大造，但滿園荔枝，都不會有機會成熟，供人享用了。裂樹如綻開的傷口，我心震盪，急步前走，迎面有村民推着小車運載剛煮成的美食，為盛筵添菜。既有菜肴，前面想必仍有廚灶人家，但景物全非，我的記憶也模糊了。再走片時，眼前豁然一大片剷平的黃泥地，原來的茂密野草叢林都不見了。我走不下去，村盡頭那口井，終無緣再會了。

循原路出來，天已全黑，惜別晚會正式開始，嘉賓逐一致詞，重溫共同奮鬥的歷史，互相勉勵；致謝的聲音一遍又一遍，然後祝願菜園新村早日建成，讓家家重新安居樂業。掌聲一陣又一陣，說話的人儘管語調輕鬆，卻難掩不忍就別之情。我也說了幾句。但我總是不慣離情別緒，即使是這麼豁達的驪歌。趁着主人家忙着催請客人多吃，我就偷偷溜走了。

新村夜話

要到二零一一年八月二日，我才找到機會踏足建新村的土地。那是近元崗新村的一幅十四萬多平方呎的農地，地形平坦，草木茂盛，村尾坐南依山，微微向望北的村口傾斜。土地上沒有任何基本設施，惟一的建築物，是位於村口的棄置豬屋和一個大水池。

從抗爭之始至決定買地搬村，原先的八十多戶只剩四十七戶人家。如果說舊村是天時地利及每家各按所需和能力所及，建屋種地逐漸形成，沒有任何整體策劃的村落，新村就剛好相反，一開始就是有目標的共同商討的心血成果。各家各戶在詳細考慮了自己的需要和意願之後，再與所有村民一起討論，如何用一個整體規劃和設計，達到同時滿足各家及

整條村希望達到的目標。在過程中，村民得到擁有大量專業學識和經驗的工作室成員支援協助。

最後決定的新村整體佈局，是耕住合一的一條平民生態村。十四萬平方呎中，分出三萬呎作兩幅公田，村頭、村尾各一幅，中間為荔枝園。其餘為四十七戶分別持有的私人園地，每家有屋、有樹、有小水池、有一耕寮。義務建築師團隊繪畫了數款基本圖則及設計，由村民選擇、配搭及調改，有數戶集合一院，亦有獨立一家一院，大小視乎各人經濟能力及需求而定。整條村築成之後，每戶人家既能在自己園地蒔花種菜，亦開門能見一片公田果樹。村中一株大樸樹，及散落各處的龍眼、黃皮、芭蕉無數，是原地所有保留下來。

貫穿全村是單車徑，為了安全和環保，村內不行汽車，村口設有停車場。最前瞻的設計是污水循環系統，利用地形，全村污水自然流入村口的大水池，經過濾淨化為清水，循環再用。

設計如此，但在二零一一年八月，萬事俱備，卻欠東風。村民因為突然而來的路權問題解決不了，運送建築材料的車輛及工程車無路入村，建築工程無法展開。此外，初步接洽，承建商索價遠超村民的經濟能力，又是待決難題，而最迫切的問題，則是如何在尋求解決方法的期間維持生計，維持村民——特別是年老長者——的身心健康。我們一行人探訪新村，一來參觀實地，二來也是跟村民打打氣。

往新村，可乘西鐵到錦上路站，然後轉乘小巴或的士往元崗新村，再往裏走。發展商在元崗新村一帶密集建築丁屋改成的村屋屋苑，方興未艾，一直伸展到菜園新村佔地的村口水池邊緣。

我抵步第一要看那處豬屋水池。通往豬屋路上多雜草，矮矮的磚屋，一半有蓋，一半露天，棄置了的農具數件，屋前有窄台欄杆，前面就是水池。水池面積甚大，水平如

5 這個香港前所未見的過程，出村、建村的紀事，本身已是一部史詩。詳見余在思等編輯：《菜園留覆往來人》，香港：菜園支援組，影行者有限公司，二零一三年。

鏡，長滿浮萍，繞池一列大樹，夾着芭蕉成林，幽暗沉靜。我們站在水池的堤壩，已感不到村外的塵俗。原來這水池不但在總體規劃中的污水系統佔着不可替代的地位，作為位於村口的屏障，水池更為載着新生活思維的新村定位。

不止此，領團的陳允中還告訴我們，這是新村公地的一部分，豬屋清理了可考慮開辦小館子，讓菜園村的天才大廚一顯身手。窄窄平台，可容幾把椅子，讓村民餘暇乘涼聊天。

房舍無法開工建造，但通入新村各處與連結附近村落的小路及水渠，卻已由村民合力築成，整理土地的工作也大致完成，整片土地，給人一個整齊空曠，等待建設的印象。村民暫時只能住在兩層高的臨時屋，但這羣自強不息的人，仍能生活有序，為自己建立新的社區鄰里關係，積極善用資源土地。只見數行臨屋之間的空間已成了傳統地堂，又重見孩童的玩具、老人家乘涼的椅子散落，臨時屋的前後，闢成農圃，不過兩三呎的一行空地，農作物已欣欣向榮，一株株三四呎高的粟米、一畦畦的旱蕹、菠菜、豆角，隨時摘下便可飽餐一頓。挨着臨屋外牆，有天然綠姆指的長者，隨便搭了個篷，篷下數十盆盆栽生氣勃勃，紅花綠葉，點綴了這不近人情的合成住所。

臨屋也分成幾組，村頭、村中間與村尾。村中間的一所，封為大本營，訪客稍駐初程，一邊參觀掛在壁上的一大幅新村總體規劃大綱圖，和旁邊的幾幅工作進度圖表，一邊享用菜園村的無雙茶點，這次為我們準備的是紅豆凍糕，半透明的軟糕裏一粒粒軟糯的紅豆，太吸引人了，瞬息已吃光一大碟。

對着圖表，了解村民決策過程，了解一切得來不易，也了解到為何要破釜沉舟。吃過點心，繼續深入村尾，經過亭亭如蓋的大樸樹，走到空地邊沿。這裏一排高大的龍眼樹，滿滿結着果子，枝葉低垂，伸手可折，我們好玩，急忙摘下來吃，卻是果實雖小而味道清甜，這龍眼樹不知何人何年種下，但龍眼墜地，果核深入肥美的泥土，又自然生出新的龍眼樹來。

青山嫵媚，山腳一列蕉林，蕉林前的耕地是租來的。農夫阿竹掘了水池，儲水灌溉，主力開墾，已斐然成章。工作室的朱凱迪，荷鋤努力學做農夫，我們一行人中有小夥子，也被我迫着幫忙逐穴種入菜籽，領略「粒粒皆辛苦」的滋味。

菜園村暫時只能靠小型耕種與導賞團的收入維持，此外就是村民年輕一輩在外的工

作。但長期計劃主力在經營有機農業，目標不但是經濟上的自給自足，而是即使最簡樸的村民，也有清晰的理念，要香港有農業，要土地不但光用於發展，要窮人也能靠土地自給自足。

鄉下沒有燈光亂目，黃昏來得快也來得特別綺麗萬狀。天幕抹上灰藍橘紅的色彩，青山漸成暗影，禿枝印在天幕上構成標緻的花紋，一芽新月在天際浮現，我們竟然肚子餓了。

回到大本營，村民在屋外張起篷幕，泥土地上鋪上木板，飯桌擱在木板上，這就是我們的臨時戶外餐廳了，但四野遼廓，說不出的安詳。這一餐，菜園高手廚師匯聚，豐富極了，令人忍不住歡呼。計有玫瑰鹵汁鴨子、紅炆五花肉、豆腐泡煎封魚尾，釀節瓜段、北菰青瓜片，還有剛在地裏摘下來的蘿菜、豆角和蕃薯苗，加上一大煲老火湯，都是平日吃不到的家鄉佳饌。至於飯後甜品，就是我們早前吃過但意猶未盡的一桌子龍眼。

圍桌剝龍眼，我們的談話，都是環繞新村的處境與前路，生產有機蔬菜應是可行，但問題在於銷售的方法，最苦是青黃不接，舊村沒有了，新村又不知何時建得成，老人家住在悶熱不通風和狹窄的臨時屋，身心都受折磨，年輕一代要靠出外謀生，留村耕種的人手減少；耽誤日久，建築費日漲，建村之日遙遙無期，復耕計劃增添變數，在這青黃不接的階段有甚麼方法可憑勞力增加收入，同時儘快消除建村的種種障礙……說着說着，我發現惆悵的是我們，一生已經歷了無數艱難的村民，反而堅定而樂天。

肚子載滿美食，腦裏不住轉着念頭，終於也要回去了。回程天已全黑，但我們出村也不用電筒照明，因為小徑有如一條亮白的衣帶，蜿蜒引領我們平安歸去。

菜園望見新明天

那次之後，我又和朋友一起探訪過新村一次。租田裏的農作物長得很上軌道，盛夏冬瓜長得特別壯，我們即時割下十多斤的一個捧回家分享，鮮曬金針花與雞蛋花正當時令，農夫阿竹順手送我們一大包。然而臨時屋經不起日曬雨淋，已愈見傴促殘舊生鏽和漏水，惟村民仍是樂天如故，每日忙碌應付家務，令家人生活得好一點，明天的不可測沒有令他們發愁，照例殷勤招呼，讓我們飽餐一頓。

路權問題終於解決，接着要解決供電問題，最後要找到村民負擔得起的承建商，按着繪好的圖則承擔建築工程。結果，村民找到了「土法」，以自己親自動手補救。我遠在市區，聽說房屋一幢幢開始建起來了。

二零一六年一月，我決定獨個兒去看看。那天早上大雨，下午初霽，交通還可以，到達元崗新村，自己覓路入村，卻原來丁屋屋苑發展驚人，我幾乎認不得路了，幸好碰到村民曾先生帶我一程。

入村水池仍舊荒蕪，浮萍長得更密了，但村路兩旁，在圖則上見過的小屋子七七八八出現了，工程完成的程度參差，四處都是村民忙碌開工的景象。建築剛完工的屋主，興高采烈地領着我參觀，每間房間打算怎樣安放家具都想好了，有幾戶已基本家具齊備，剛入了伙，正忙於自己裝修屋內設備，但有些房舍工程墜後，承建商卻仍在拖延，戶主一家索性全家總動員自己做，就像很久以前在舊村那樣。

村民最高興的是向我介紹他們自己設計的特色。珍的一家，耕寮隔着一個小小空間對正廚房的後門，他們打算日後在主屋與耕寮之間搭瓜棚，下雨天也不礙兩邊行走；另一家人耕寮在屋前，故意造得稍矮，以便樓上大窗外望，可以無阻攔地看到廣闊的公田。一眾同意，舊村士多店的周婆婆在新村仍住村口，不知將來是否仍服務來往村民？

高婆婆仍住在村尾殘舊的臨屋，但如常活躍，屋前種着幾畦生菜，門口擺放着高高矮矮大大小小的載物籃子，是她新創的手藝，利用建築廢料編織而成，大的儲雜物，小的權當菜籃。待新村屋宇全部建成，臨屋就可以全數拆掉，公田也可以拓墾起來，到時新村就大致具備原創的風貌，大家就可以舒一口氣了。

總仍有許多憾事，第一屈指數數看不到新村已離世的老人家；第二是好一段時間也難以付諸實行的精心設計如污水循環系統；第三，現實總與理想有距離，人情如此，而村民人情特別深厚，新屋當然比舊田舍整齊牢固，但不知為何，舊田舍似乎更舒適闊落，教人不捨。我明白的，舊房子是隨人需要而一磚一瓦年月增長，新房子始終是已有的規格，要人遷就。世事總無完美，但我看得出，村民已心滿意足，感恩無限。心底裏，我明白，我們對菜園村豈只是無私的關愛？我們豈不是私心盼望人可以有更理性更合乎人情的生活

方式，有權為這種生活方式奮鬥？而菜園村，在歷史的關鍵時刻出現，村民好比是這個理想生活實驗的先行者，我們渴望實驗成功，因為菜園村是我們從來沒有擁有過的家鄉。

我滿眼盡是完成及尚未完成的房舍耕地，幾乎忽略了跟着我一起全村亂走的一羣孩子，從三、四歲到七、八歲，男孩女孩，一般的好動好奇，蹦蹦跳跳，不論是哪一家的孩子，都享受全村的愛護，最新添的一員剛剛滿月。他們是新村的繼承人。凱迪不是村民，他住在村口外的房子，可是三、四歲的小朱不遷完完全全是菜園村的孩子，和村裏的孩子一起長大，都是玩伴。兒時玩伴無人能代替，到老也不會忘記。

二零一六年一月三十日